邑上主水（むらかみもんど）

ティンバー
新しく放課後DC部に入った「魔術師」。
実は人気No.2プレイヤー「クロシエ」のサブキャラ。
アラン
蘭が元々使っていたアバター。
人気実力ともに№1の「侍」として
ドラゴンズクロンヌに君臨する。
アンドウ（安藤）
考えるより先に行動してしまう猪突猛進男。
クラスは「戦士」。
ウサ（柊由佳子）
アランに憧れてゲームを始めたというモーム種の「侍」。
エドガー（江戸川蘭）
リアルではボッチの高校生。「アラン」であることを隠して、クラスメイトとドラゴンズクロンヌをプレイすることに……
ヤマブキ（山吹）
チャラい軟派男だが、意外と礼節をわきまえている。
クラスは「騎士」。
すず（二ノ宮すず）
蘭もひそかに憧れる清楚で優しいクラスのアイドル。
クラスは「聖職者」。
メグ（佐々木恵）
すずの友人。
気が強くて男勝りな性格。
クラスは「盗賊」。

主な登場人物
ソーニャ
蘭のサポートNPC。
コンピュータとは思えないほど
気遣いができる。
串だんご
学園長
「狩竜徒の学舎協会」のクランマ
スター。見た目どおりの性格の
「格闘士（モンク）」。
かぐや
「狩竜徒の学舎協会」の教師（マギステル）。
怒ると喋り方と人格が激変する
「格闘士（モンク）」。

目次

第一章　公式大会に参加しよう！　7
第二章　敗者復活戦を突破しよう！　121
第三章　黒の影　278

第一章　公式大会に参加しよう！

その日、すべてのドラゴンズクロンヌプレイヤーに、一通のメールが届いた。

メールの送り主は「マスター」を名乗る人物。だが、その人物と面識があるプレイヤーはこの世界に存在しない。見覚えのないメールには、アカウントをハッキングするマルウェアが添付されている可能性がある。だから、見知らぬプレイヤーからのメールは、内容を確認するまでもなくゴミ箱送りになるのが常だ。しかし、マスターからのメールを削除するプレイヤーはいない。

誰しもが、このメールを一年間待ち続けていたからだ。


――王冠(クロンヌ)を手にするときが来た。集(つど)えドラゴンハンターたちよ。


短い一文がしたためられたマスターからのメールが届いた瞬間、ほとんどのプレイヤーが色めき立つ。多くの人々を熱狂させる祭りの開始を告げる狼煙(のろし)であり、眠れない戦いが始まる合図でもある、そのメール。

それは、ドラゴンズクロンヌのナンバーワン〝クラン〟を決める壮絶な戦い――年に一回開催されるプレイヤー同士が戦う公式大会、「The King of Dragons」開催の告知だった。

＊＊＊

「……はあ」

気だるくもあり、心地よくもある春陽の季節。あと一週間もすれば春休みに入るという時期にもかかわらず、学校の廊下の窓から春空を見上げる江戸川蘭（えどがわらん）の表情は曇っていた。

彼をメランコリックにさせているのはほかでもない、先日メールで告知があったドラゴンズクロンヌ公式大会「The King of Dragons」の存在だった。

The King of Dragons──通称ＫＯＤは、今年で八回目を数えるイベントで、その規模はグランドミッションなどとは比べものにならないくらい大きい。参加条件は、どこかのクランに所属しているプレイヤーであり、七人のチームであることだけ。

だが、ＫＯＤの参加者チームが毎回数百チームまで膨（ふく）れ上がるのは、参加条件が厳しくないからというわけではない。ＫＯＤは優勝したクランに相当額の賞金──リアルマネーが与えられるのだ。

「見たかよ、江戸川！　賞金だぜ、賞金！」

春のまどろみを吹き飛ばすほどの声が、蘭の鼓膜（こまく）を揺らした。声の主は、宝くじでも当たったかのようにハイテンションな坊主頭の男子、安藤（あんどう）だ。

「参加条件はクランに所属していることだから……えーっと、俺たち参加条件満たしてるよな？」

「参加することはできる。けど、キツいと思う」

このやりとりは何度目だろう、と蘭は辟易（へきえき）する。

今日、安藤は登校してきてから、ずっとこの調子なのだ。

「いやいや、大丈夫だろ。なんつっても、俺らのクランには江戸川がいるんだからよ」

「だから、そんな甘くないって」

今回は、大きめのため息も添えてやった蘭。だが、スマホでＫＯＤの情報を集めているらしい安藤は気にする様子もなく、満面の笑みでしきりにスワイプを繰り返している。

無知ゆえの勇ましさとでもいうのだろうか。すでに優勝気分な安藤に、実情をこと細かく説明してやろうかと思った蘭だったが、めんどくさくなってとりあえず大あくびを投げつけてやった。

「どーでもいいけど、なんでそんな眠そうなわけ？」

「お前がそれを聞くか」

今日の蘭は、いつも以上に寝不足だった。目の前にいる安藤のせいで、だ。

以前に増してエドガーとアランの「二足のわらじ生活」は深刻な睡眠不足を生んでいた。なぜか、あのラミレジィや放課後ＤＣ部のメンバー、特に安藤や山吹（やまぶき）に狩りに誘われることが多くなったからだ。昨晩も女子メンバーがログアウトした後、半（なか）ば強引に安藤と山吹のレベル上げに遅くまで付き合わされるハメになった。

せめて一時限目が始まるまで仮眠しようと思っていたが、朝一番、こうやって「連れション」に連行されてしまい、諦（あきら）めざるを得なかったのだ。

「まあ、いいや。それより、ゲームでお金もらえるなんて最高だよな。優勝したら俺にもスポンサーが付くんじゃね？」

「まあ、優勝できたら可能性はあると思う。実際、去年も優勝したチームから何人か、企業と契約を結んでプロになってるからな」

「まじで⁉　うおお、マジ期待大じゃん！　プロになったらもう勉強しなくていいし、俺もアランみたいに豪遊できるってことだろ⁉」

「あ〜、うるせえ！」

豪遊なんかしてない、とあやうく突っ込みそうになった蘭を遮り、安藤に怒号を飛ばしたのは、トイレから出てきた不機嫌そうな山吹だった。

「お前さ、声でかすぎ。ウンコが引っ込んじまっただろ」

「ンだよ。これが興奮せずにいられるかよ」

「あと言っとくけど、女子からチョコのひとつも貰えないお前に、金出すトコなんてねえって」

「……ッ！　てめッ！」

先日のバレンタインのことを言っているのか、ニヤケる山吹とは対照的に、痛いところを突かれた安藤の表情は渋い。

そういえば、安藤が妙に絡みはじめたのはあのバレンタイン以降だ。もしかすると、自分のことを同じ「チョコ獲得ゼロの仲間」と見ているのかもしれない。

そんなもので仲間意識を持たれても、非常に不愉快なのだが。

「んまあ、賞金出る大会って聞いて、色めき立つ気持ちはわかるけどな。逆に興味なさすぎる江戸川が不思議だわ」

「……え？　俺？」

不意に話を振られ、ぎょっとしてしまう蘭。

「いや、興味ない、ってわけじゃないんだけど」

どこでそんな情報を手に入れたのか、そんなことを言う安藤に、蘭はぴくりと反応してしまった。

「あ、わかった。お前ビビってんだろ。なにせあのアランですら優勝できてない大会らしいからな」

確かに安藤が言うとおり、アランでＫＯＤを優勝した経験がないのは事実だ。まだＤＩＣＥとスポンサー契約を結ぶ前、一時期所属していたクロノのクラン「Grave Carpenters」で第五回の大会に参加したが、準優勝という結果に終わっている。

なぜ決勝戦で負けてしまったのか。それは、ＫＯＤが個人戦ではなく、チーム戦だからだ。

「ビビってるワケじゃない。それに、アランが優勝できなかったのにも理由がある。ＫＯＤはチームで戦う大会だ。突出した才能を持っているプレイヤーがひとりいても、どうにもならない」

負ければ終わりの一回限りの戦いでは、プレイヤースキル以上に運の要素が大きくなる。

「ジャイアントキリング」なんて言葉があるように、初心者が熟練者を破るなんて話は枚挙に暇がない。その運を呼び込むために重要なのが「やりこみ」だ。やりこむことで、自信が付き、予想外のことが起きても冷静に判断することができる。

チーム戦で勝ち抜くには、メンバー全員のやりこみが必須になる。アランが準決勝で負けてしまったのは、運を呼び込むほどのやりこみがチーム全体に足りなかったからだ。

「優勝を狙うには、相当のやりこみが必要だ。私生活を半ば捨てて、レベルを上げたり装備を整えることになる。そんなのクランのルールに背くだろ」

「う……確かにそうだな」

放課後DC部のルール。それは、ログインを強制したり、ノルマを課すことなく、純粋に「ゲームを楽しむこと」だ。

「まあ、クランのルールとかを考えると優勝は無理だろうけど、参加してみるのはいいと思うぜ？予選突破でゲーム内通貨の賞金が出るみたいだし」

毎年、熟練者だけではなく、初心者など対人戦に自信がないプレイヤーも多く参加している理由が、山吹の言うそれだった。

「まあ、予選突破を目指すのはいいと思うけど」

「なんだよ、江戸川。もしかして、予選突破も難しいとか言うつもりじゃねえだろうな」

これ以上絶望させるな、と言いたげな安藤。

「残念だけど、簡単じゃない。予選はＰｖＰ（Player versus Player）じゃなくて、チームメンバーが獲得した総合ＤＰで決まるんだ」

「総合ＤＰ？」

聞き慣れない名前なのか、山吹が首を傾げる。

「えーと……ドラゴンポイントの略称。予選期間中、特定のＭｏｂを倒すともらえるポイントだ。

ＤＰは個人ごとに計測されて、七人の合計ＤＰで順位が決まる」

「えーと……つまり、どういうことだ？」

どうやら安藤は理解できなかったらしい。

「つまり、予選は制限時間内でどれだけ多くのＭｏｂを狩れるかを競争するってこと。プレイヤースキルがなくても、熟練者に勝てるかもしれないのが予選なんだ」

時間があるプレイヤーであれば、十分予選上位に食い込むことができる。予選に必要なのは、プレイヤースキルではなく、毎日ログインしてＭｏｂを狩り続けることができる忍耐力と時間。つまり、予選で最も有利なのは、昼夜問わずログインしているような廃人プレイヤーだった。

「それに、予選は単純に量を倒せばいいというわけじゃない。一般的にはＭｏｂレベルと獲得ＤＰは比例するから、期間中どれだけ効率的に高レベルのＭｏｂを狩れるかという作戦が必要になる」

「なるほど。行き当たりばったりはダメっつーことか」

そういうことが一番苦手そうな安藤が顔をしかめる。

「そのＤＰランキングで上位一〇〇チームまでが予選突破。総当たり戦のグループトーナメントに進める」

「一〇〇チーム……って多いのか？」

「去年の参加チームは、大体七〇〇チーム前後だったと思う」

数字を聞いて、安藤もようやく予選突破の難しさを理解したのか、難しい顔で閉口する。先程までのテンションはなりをひそめ、なんとも言いがたい沈黙が廊下に漂いはじめた。誰かの口から

「やめた方がいいんじゃないか」という話が出てこなかったのは、タイミングを見計らったかのようにチャイムの音が鳴ったからだろう。

「……とりあえず教室に戻ろう。ホームルームが始まる。参加するかどうかは、すずさんたちに話してから決めよう」

「んだな。俺たちだけで盛り上がっても仕方がねえか。つーかさ」

スマホをポケットに押し込みながら、あくびをこぼした安藤が、潤んだ瞳を蘭へと向けた。

「なんだかんだ言って、めっちゃ詳しいのな。興味あるのかないのかわかんねえヤツ」

「だ、だから、興味がないわけじゃないって言ってるだろ」

とは言うものの、参加したくないというのが、蘭の本音だった。

予選突破の確率は、低いとはいえ不可能ではない。もし万が一、予選を突破してグループトーナメントに進みでもしたら、エドガーの姿を公にさらすことになる。そうなれば、クロシエが言っていた「エドガーを囲い込もうとしている企業たち」が食指を伸ばしてくるだろう。

また、アランでプレイする時間がなくなってしまう。このタイミングでそれは非常にまずい。

「ま、メグさんあたりが『ガチはやだ』って拒否ることもあるしな」

「ありえる。メグさんああ見えて意外と肝が細かったりするからな」

「肝が細い、ね……」

メグのどこを見たらそういう意見が出てくるのか、と蘭は呆気にとられつつも、それが本当であるなら是非とも参加拒否してほしいと願った。

うらうらとした春の陽射しが差し込む人気のない廊下。夢の世界に誘う睡魔があちらこちらで手招きしているような錯覚に襲われてしまう。とりあえずＫＯＤ参加うんぬんよりも、まずは一時限目をどうやって乗り切るかが切実な問題だ——

＊＊＊

「予選突破のキーポイントは、一週間の期間のうち、偶数日に現れる『ボーナスＭｏｂ』っていうのを狩ることらしいんだよね。手に入るＤＰが高いみたいで、その情報をいち早く手に入れるのがミソなんだって」

目を爛々とさせたメグから、突拍子もなくそんなことを言われたのは、強烈な睡魔に襲われつつもなんとか突破できた一時限目の休み時間だった。

「え～っと……」

睡魔で頭の回転が鈍っていることもあってか、蘭は教科書を片手にしばらく固まってしまった。

メグが口にしているのは、いかにしてＫＯＤの予選上位に食い込むかという話だ。そのことは、ＫＯＤに参加したことがある蘭にもわかる。わからないのは、なぜメグがそのことを知っていて、どうして嬉しそうに自分に語りかけてきているのかということだ。

「前回の予選突破ラインは二〇万ＤＰらしいから、学校終わって毎日やればイケる可能性あると思うんだよね、アタシ」

「どう思う？」と言いたげに身を乗り出してくるメグに、蘭は咄嗟に身を引いてしまった。助けを求めるように、後ろの席の安藤へと視線を送ったが、苦笑いを返してくるだけだ。

「あ、あのさ、メグさん。それってＫＯＤの話だよね？」

「ん？　そだけど？」

きょとんとした表情を返してくるメグ。

「なんでいきなりＫＯＤの話が？」

「なんでって……ＫＯＤに参加するんだから、調べもするでしょ」

「……ん？　ん？　ちょっと待って。いつの間にそんな話になったのかな？」

さも当然のようにさらりと言い放ったメグ。思わず蘭はおかしな口調になってしまった。

嫌な予感が蘭を襲う。これはもしかして、すでに参加する方向で動いてますけどなにか……ってやつではないのか。

どこで手に入れたのか、「ＫＯＤのすべて」と表紙に書かれたゲーム雑誌を鞄から取り出し、レギュレーションについて安藤に語りはじめたメグを見ながら、蘭はそう思った。

「なんだかごめんね。昨日大会の告知、来たでしょ？　そしたらメグ、絶対参加しようって張り切っちゃって」

「……ああ、そういうこと」

すずが言うには、メグは昨晩ログアウトした後、ＫＯＤに関する情報をネットであさったという。そして一通り情報を仕入れたあと、深夜にもかかわらず「参加しよう！」と電話をかけてきたらしい。

「参加するってなると、ゲームプレイを強制することになっちゃうし、よくないよって言ったんだけど、ほら、メグって聞かないから」

「確かに」

そこはすんなり納得できる。しかし、この流れは蘭にとってあまりいいものではなかった。メグがＫＯＤに興味を持ったということは、安藤や山吹とあわせて、クランメンバーの半分が賛成ということになる。

「すずさんはどう？　その……参加したい？」

「強制的じゃなくて、できる範囲で頑張るって感じだったら参加したい……かな？」

「できる範囲？」

「うん。クランのルールは曲げたくないし、ほら、もうすぐ春休みでしょ？　家の事情とかある人いるだろうし」

——家の事情。

すずのその言葉で蘭の脳裏に浮かんだのは、抱えていた悩みを解決できる可能性がある、ひとつのアイデアだった。

「なるほど、その手があったか」

「え？　その手？」

時間が取れないのであれば、理由をつけて作ればいいのだ。つまり、「春休みに家族と祖父母の家に帰省することになった」と説明すれば、アランでプレイする時間ができる。春休みまでエドガーで皆とＫＯＤに参加し、春休みに入ったらアランでプレイする。そうすればすべては解決だ。

「よし、すずさんもその気なら、ＫＯＤに参加する方向でいこう」

「お！　やっと乗る気になったか！」

安藤が背後からずずいと身を乗り出してくる。

「予選突破も難しいかもしんねえけど、頑張ろうぜ！」

「ただし、ＫＯＤに本当に参加するかどうかは、ウサにも確認した上で、だ」

ウサの性格からすると自ら参加したいと言い出すはずなので、確認は必要ないだろうが。

「あ、ちょい待ち」

ふいに蘭の机の上にスマホが置かれた。窓際でずっとそれを見ていた山吹のものだ。

「どうした？」

「これ、参加レギュレーション。メンバーはクランから選出した五名プラス、補欠の二人、計七名で参加って書いてるけど、俺らのクラン……六人しかいねえよな？」

「……あ」

全員が同時に、うめき声のような言葉を発した。

ＫＯＤは「予選」、「グループトーナメント」、「決勝トーナメント」と長い時間をかけて開催される大会のため、日をまたいで行われる。そのため、登録したメンバーが出られなくなってしまったときを考慮して、二名の補欠が必須なのだ。

重苦しい空気の中、蘭は頭を抱えてしまった。

数合わせのために、適当に知人をＫＯＤの時期だけクランに所属させるなんてことはできない。予選では補欠（リザーバ）の二人が稼（かせ）いだＤＰもカウントされるため、しっかり戦力になる人間でないといけない。今からクランに合流してともに予選を戦うとなれば、候補として挙がるのは、すぐに連携がとれる熟練したプレイヤーだろう。前衛は山吹と安藤がいるため、ベストなのは遠距離アタッカー。弓を武器とする弓士（アーチャー）か、あるいは——

——と、そんなことを考えていた蘭の頭に、ふととあるプレイヤーの名前が浮かんだ。

つい先日、アランでＤＩＣＥの仕事をしたときにパーティを組んだプレイヤー、クロシエだ。

「なるほど、ちょうどいいか」

どういうつもりかわからないが、クロシエはあのとき、サブキャラであるティンバーを放課後ＤＣ部に入れてほしいと申し出てきた。彼女がラバスタ林地ですずとメグに攻撃を仕掛けたことがあったため、メンバーに話すタイミングを慎重に計っていたが、ＫＯＤがきっかけであればすんなりいくかもしれない。

「あのさ、実はクランに参加したいって言ってる知り合いがいるんだけど」

「……え？」

最初に反応したのは安藤だ。

「マジで？　知り合いって、前やってたときの？」

「えーと、まあ、そんなとこかな。彼女はプレイヤースキルもあるし、クラスも魔術師（ウィザード）だから、かなりの戦力強化になる」

「彼女？」

まるで美味しい餌を見つけた肉食獣のごとく、山吹の眉がぴくりと動いた。

「彼女ってことは、女性プレイヤーか？」

「え？　あ、ああ。そうだけど」

「いいね！　いいよ、江戸川！　それは凄くいい！　俺は賛成だね」

明らかに大会の話をしているときよりも興奮している山吹。いつものパターンに冷めた視線を投げつけたのは安藤とメグだ。

「……ま、この変態野郎はおいといて、俺もかまわないぜ。熟練者なら最高じゃん」

「はあ、ホントは知り合いじゃなきゃヤだけど、エドの知り合いなら、まあ、いいかな」

そういえば、と蘭は以前の記憶を掘り起こす。メグは、グランドミッションのときも「知っているプレイヤーじゃないとイヤだ」と言っていた。確かに、メグは案外肝が細いのかもしれない。

「よし。じゃあ、今日帰ってから顔合わせするって感じでいいかな、すずさん？」

ウサのKOD参加意思確認と、ティンバーの顔合わせ。一緒にできるならちょうどいい。現れるのがティンバーなのは、向こうに行ってから改めて説明しておく必要があるかもしれないが。

「……すずさん？」

蘭の目に映ったのは、指を顎にあてがい、天井を見上げて、なにやら考えているすず。

「おーい。すず～」

「……え？　あ」

メグの声に、すずはようやく我に返った。

「どした？」

「ごめん、なんでもない。それじゃあ放課後集まろう。ウサさんには私が連絡しておくから」

慌てて笑顔を見せるすずに、蘭たちは顔を見合わせてしまった。

何か気になることがあったのだろうか、と訊ねようと思った蘭だったが、二時限目の開始を知らせるチャイムによって妨害されてしまった。

慌ただしくなる教室の空気に乗って、すずたちが席へと戻っていく。さっきのすずの様子がひっかかる蘭だったが、すぐに残りの授業を突破するためにどう睡魔と戦うかへと思考がシフトする。

そして、二時限目の英語の教師が教室へ入ってきたとき――

蘭は携帯に、ＤＩＣＥの五十嵐からメールが届いていることに気がついた。

＊＊＊

「ちょっとまずいことになってきている」

アランのホームハウスを訪れた五十嵐は、挨拶もそこそこにそんな言葉を口にした。

朝、五十嵐から届いたメールは、「スポンサー契約更新の件で今日会えないか」というものだった。

同じようなメールは以前五十嵐から来ていた。「アランとのスポンサー契約更新に関する不安要素について」と題されたメールだ。アランの動画配信の数が減り、ＤＩＣＥ内で不安の声が出ているらしい。

「君は今日のランキングを見たか？」

「ランキングですか？　いえ、まだ見ていませんが……」

　アランは手慣れた操作で、動画視聴ランキングをウインドウに表示させる。

　いつもと変わらないはずの動画ランキング。だが、ランキング上位――それも長い間アランが座っていた一位の椅子に、信じられないことが起きていた。

「……嘘だろ」

　ランキング一位になっていたのは、つい先日まで二位だったクロシエ。アランの名はその下――ではなく、三位まで落ちていた。

　だが、この理由はアラン自身もわかっていた。エドガーとしての活動が忙しく、アランでプレイする回数が減り、覇竜ドレイク戦以降、視聴数が高い動画を配信していないからだ。

　ＫＯＤの参戦を渋り、アランでのプレイ時間を確保したいと考えていた理由もそれだった。

「アラン、君との間で結んだ契約に、順位に関する取り決めはない。だから会社として、ランキングが落ちたことを理由に契約更新はしない……という結論は出さないと思う。だが、社内でより不安の声が強まりつつあるのは事実だ」

　アランと五十嵐が囲むテーブルの囲炉裏にかけられた鉄瓶から、湯気が立ち上る。

　サポートＮＰＣソーニャが淑やかに鉄瓶を囲炉裏からあげると、オブジェクト化された【白湯】

を取り出し、五十嵐に振る舞う【煎茶】を生成した。

「俺としても、社内の不安要素は払拭したいと思っている。そこで、だ」

五十嵐が何かを操作するそぶりを見せ、ウインドウを表示させた。そのウインドウに表示されていたのは、とあるウェブサイト。アランにも見覚えがある、KODのウェブサイトだ。

「君に、DICEチームメンバーとしてKODに出場してほしい」

「……DICE公式チームでKODの優勝を狙う？」

「可能なら。だが、必要なのは視聴数を稼げる動画だ。大会に参加すれば、君も動画更新がしやすくなるはず」

KODは公式の生放送チャンネルがあるが、参加しているプレイヤーのほとんどは、配信枠を購入して自分でも動画を配信する。予選はそれほど視聴数を稼げないが、決勝トーナメントにもなれば、無名プレイヤーの配信であってもかなりの視聴数を稼げるからだ。アランのKOD配信なら、一位に返り咲くほどの再生数を稼ぐことも難しくないだろう。

「ただ、これは君との契約には含まれていない依頼だ。どうするかの判断は君に任せる」

五十嵐がソーニャに会釈し、テーブルの上に置かれた湯呑みに口をつける。

KODへの出場依頼は、契約外の依頼。つまり、出場するかしないかは任意。アランのランキング低迷は痛いが、DICEとしてそれ以上の面倒を見てやるつもりはないという意思表示だろう。一企業として、そういう立場を取るのは当然だと思う。逆に、わざわざ提案してくれた五十嵐が珍しいのではないだろうか。その期待を裏切るわけにはいかない——

アランは、【煎茶】を口にして苦い顔をしている五十嵐を見ながらそう思った。

「わかりました、五十嵐さん。ＫＯＤに出場します」

「よかった。出てくれるか」

「ただ、その……急すぎて、予選の参加が難しそうなのですが」

「それはかまわない。『予選突破要員』を六人、手配しているからな」

予選突破要員。予選でもっとも強い昼夜問わずログインしている廃人プレイヤーのことだろう。

「ありがとうございます。それに……色々ご心配おかけしてすみません」

「ああまったくだ。アランでログインせずになにをしているのかはあえて聞かないが、少しはプロとしての自覚を持ってほしいな」

そう言って冗談っぽく笑ってみせる五十嵐に、アランは苦笑いで答えた。

「反省の証は大会の結果とランキング結果で」

「楽しみにしているよ。メンバーについてはまた連絡する」

「お茶をありがとう」とソーニャにもう一度会釈し、彼が席を立った。

これからそのメンバーと打ち合わせをするそうで、五十嵐は足早にホームハウスから姿を消す。

しんと静まりかえったホームハウス。四季をシミュレートした暖かい風が、ふわりと春の香りを居間に運んでくる。

「さて、どうするかな」

渋い顔でアランは消えた五十嵐の背中を見つめていた。

ＫＯＤで戦うことは問題ない。だが、ひとつ心配がある。ＫＯＤに参加する方向で動いている放課後ＤＣ部だ。

五十嵐が手配しているというプレイヤーに任せれば、予選突破はたやすいだろう。ちょうど春休みに入って学校も休みになるため、グループトーナメントへ出ることもできる。

だが問題は、万が一放課後ＤＣ部が予選を突破して、グループトーナメントに進んだ場合だ。運が悪ければ、放課後ＤＣ部と同じグループで戦うなんてことになりかねない。そうなってしまえば五十嵐の手前、彼らを完膚（かんぷ）なきまでに叩（たた）き潰（つぶ）さなくてはならなくなる。

「アラン様」

と、ふわりと風に乗ってきたのは、ソーニャの声だ。

「なにを悩んでいらっしゃるのかわかりませんが、とりあえずお茶を飲んでから考えませんか？」

ソーニャが【白湯（さゆ）】から【煎茶（せんちゃ）】を生成し、アランの前へと差し出す。

「お茶には灰白質（かいはくしつ）を保護して、記憶力を向上させる効果があるそうです。それに玉露（ぎょくろ）はストレス解消にも役立ちます」

「いや、こっちの世界にそんな効果はないと思うが」

と言いつつ、湯呑（ゆの）みを手に取るアラン。

「気分ですよ、アラン様。気持ちの持ちようで、物事はいい方向へ進むものです」

「それは、ソーニャの経験？」

「データベースに格納されているＲＡＷデータを基に相関分析を行（おこな）った結果です」

「……あ～、そう」

なんだか難しい単語を羅列されたので、アランはとりあえず聞き流して【煎茶】を口にした。

ソーニャが言うとおり、ポジティブに考えていれば、そんな心配は杞憂に終わるのかもしれない。

ひとまずウサにKODの件を説明して、ティンバーを皆と顔合わせさせよう。

そう思い、アランはぐいと【煎茶】を飲みほした。ストレスが解消されたのかはわからないが、とりあえずソーニャの【煎茶】は――凄く苦かった。

＊＊＊

放課後DC部は、ログインを強制したり、現実世界の生活、特に学業に支障をきたすようなプレイは、どのような理由であれ禁止していた。クランが推奨するのは、現実世界に影響を及ぼさない程度にゲームを楽しむこと。つまり、いつゲームにログインしてもいいし、いつログアウトしてもいい。ゲームの知識がなくても問題なく、気ままなゲーム生活を楽しもうというのが指針だ。

「え？　なんですか？　その格闘ゲームみたいな名前」

港街クレッシェンドのハンターズギルド前広場。これから狩りに向かうプレイヤーと、狩りから戻ってきたプレイヤーとで賑わうその場所に、ウサとエドガーたちの姿があった。

「ＰｖＰの大会。というか、ウサんとこにもメール届いているはずだろ」

「えーっと……えへへ」

その笑顔から察するに、メール関係は全く見ていないのだろう。

なんという適当なやつだ、とエドガーは呆れる。事細かく説明するまでもなくクランのルールを理解してくれたのはありがたいが、これほどまで適当だったとは思ってもみなかった。

「それで、その大会に参加するんですか？」

「クランを立ち上げてまもないし、皆で参加するのもいいかなって。賞金も出るみたいだし」

「え、賞金？」

すずの口から放たれた「賞金」というフレーズに、ウサの耳がわかりやすいくらいに反応した。

「賞金ってつまり、リアルマネーが貰える？」

「そういうことだ」

「うひょっ！」

今度はその大きな両目がきらきらと輝き出す。

「うわあご主人、わっかりやすくお金に釣られたなあ。目が円マークになってるよ」

ウサのコンパニオンである黒猫モモが突っ込みを入れる。

「……ッ!?　な、なにを言ってられ！　そんな、そんなわけあるかあ！」

と言いつつも、慌ててごしごしと目をこすりはじめるウサ。

「それで、どうだ？　参加することには賛成か？」

「もちろんデス！　皆と一緒に大会に出るってなんかこう、一体感があっていいですよね！　賞金目当てとかじゃなく参加したいです！　諭吉さんとか関係なくです！」

「あ、そう」

嘘くさすぎるセリフに、エドガーは冷めた視線を返す。

だが、疑うことを知らないすずは、真に受けてしまったようだった。

「よかった！　実は、みんな参加しようって意見だったんだけど、ウサさんに聞くまで参加は保留にしてたんだ」

「まあ、聞くまでもなかった感はあるけどな」

そんなことをぼやくアンドウに、エドガーも同意してしまう。

「ただ、私、仕事があるので頻繁にログインできないかもしれないけど、大丈夫ですかね？」

「もちろん。メンバーのログインを強制しないことと、現実世界を犠牲にしない程度に楽しむのが放課後DC部のルールだから」

「ずっと思ってたんですけど、それ、すばらしいルールです！」

ウサがエドガーに向かって小さな親指をびしっと立て、にっこりと満面の笑みをこぼす。

「ところで、さ。例のクランに入りたいってヒト、もう来てンのかね？」

ヤマブキが口を挟んできた。きょろきょろと辺りを見渡し、どこか落ち着かない様子だ。

「なにそわそわしてんのさ、アンタ」

「新しいメンバーの加入だから、そりゃあそわそわするだろ。どんなヒトが来るのか」

「……アンタの頭の中って一回見てみたいのよね。多分、女だけでできてるんだろうけど」

鋭い視線で斬りつけるメグだったが、ヤマブキは全く意にも介さず、まもなく現れるであろう新たな女性メンバーに想いを馳(は)せているようだ。

　そんなふたりのくだらないやりとりを片耳で聞いていたエドガーも周囲を見渡した。

　五十嵐と話をする前、アランでログインしたときに、クロシエへメッセージを送っていた。そろそろティンバーから、なにかしらの返答があってもおかしくない。

　だが、辺りにはティンバーらしき姿はなかった。代わりに目に映ったのは、これから狩りに出るのか、楽しそうに会話に花を咲かせている戦士(ファイター)に、難しそうな表情でウインドウを眺めている聖職者(クレリック)。しかし、エドガーの視線がハンターズギルドの入り口にたどり着いたときだ――

　扉の陰からこそこそとこちらを覗(のぞ)いている、赤いフード付きのローブを着た女性の姿が見えた。黒い髪に褐色(かっしょく)の肌(はだ)が、より彼女の妖艶(ようえん)さを際だたせている女性プレイヤー。大変怪しいデーモン種の女性魔術師(ウィザード)。間違いなく、ティンバーだ。

「……先に言っておくけど、これから来るプレイヤーには、皆かなり驚くと思う」

「驚く？　どゆコト？」

　メグが頭の上にクエスチョンマークを掲げながら首を傾(かし)げた。

「説明は直接彼女にさせるよ。俺から言えるのは……彼女は悪い人間じゃないってことくらいだ」

　エドガーは、あの女性に小さく手を挙げた。びくり、と身をすくめたのが遠くからでもはっきりとわかる。おっかなびっくりな雰囲気(ふんいき)を見る限り、彼女は意外と臆病(おくびょう)なのかもしれない。

「お、来たのか？　驚くってことは、有名人なのか？」

「誰誰？　誰よ？」

期待で頬がほころぶアンドウとメグ。だが、こちらに向かってきている女性の姿に気がついたとき、その表情は一瞬で強張った。

静寂に包まれた周囲にぽつりと浮かんだのは、にやけたヤマブキの声。

「あ、チョー可愛い」

「……ティ、ティンバー……です」

気まずそうにうつむいたまま、ティンバーがかすれるような声を放つ。

「先日はとても……すまないことをした」

そして、重苦しい空気の中、謝罪の言葉を続けた。

しかし、場の空気は固まったままだった。予想していなかったプレイヤーの登場に、どう反応すればいいかわからないのか、メンバーたちの表情は動かない。

「あ、う、すまない」

「……え？　あ、ちょ、おい！」

目を白黒させ、来た道を引き返そうと、くるりと踵を返すティンバー。まさかそんな行動に出るとは思っていなかったエドガーは、慌てて彼女の腕を掴むのだった。

＊＊＊

「実は、動画で君を知ったとき、俺の身体に電流が走ったんだ」

「そうか。だが私の得意魔術は炎系だ」

「これは運命だと思わないかい？　俺たちは出会うべくして出会った」

「そうだな。私もこの魔術師(ウィザード)という職業には出合うべくして出合ったと思う」

「障害があった方が君も燃えるはずだ」

「そのとおりだ。魔術師(ウィザード)がソロプレイに向いていないという話を聞いて、私の心に火がついた」

プレイヤーたちで混み合っているハンターズギルドの一角。エドガーたちが座るテーブルから少し離れたところで、ティンバーとヤマブキが何やら話し込んでいる。

すずとウサがＫＯＤの参加登録に向かっている時間で、ヤマブキはここぞとばかりにティンバーを口説きはじめた。だが、傍で聞いているエドガーが「一体何の話をしているんだ」と突っ込みたくなるほど、その会話は噛み合っていなかった。

「つーかさ、あいつマジで見境なく……ってやつだよな」

エドガーと同じテーブルを囲むアンドウが、渋(しぶ)い顔をしている。

その表情のとおり、アンドウは機嫌がよろしくない。原因は、ティンバーを必死で落とそうとしているヤマブキ……ではなく、現れたティンバーの存在だった。

回れ右をして去ろうとしたティンバーを引き止めた後、固まっていた場の空気がようやく和(やわ)らいだのは、改めてエドガーが彼女を紹介したときだった。

その空気にようやく安堵(あんど)したティンバーは、ラバスタ林地で魔術を放ってしまったことをもう一度謝罪した。

そんなティンバーに優しい言葉を返したのは、被害者のひとりであるすずだ。

すずは困惑しつつも、エドガーの知人ということでティンバーの加入を承諾する。だが、メンバーの中でアンドウとメグは否定的だった。

「ヤマブキの変態はどうでもいい！　それよりも、なんであいつがエドの知り合いで、それもクランに入りたがってるワケさ？」

「つーかエドガー、動画見ても、知らないヤツだって言ってなかったけ？」

じろりと睨（にら）んでくるメグとアンドウに、エドガーは頭をフル回転させて言い訳を考える。

「い、いや、すずさんに動画を見せてもらったときは……えーと、思い出せなかったんだ。知ってたときと髪型が違ったし……ほら、やめたのはだいぶ前だろ？」

「んなの、名前でわかるだろ！」

「なっ、名前を変えてたんだよ！　前に調べたときも、プレイヤー名でヒットしなかったし」

以前、学校でティンバーの名前を検索したときにヒットしなかったのは、正体がバレないように、定期的に名前を変えているからだろう。

「彼女はレベルも高いし、プレイヤースキルもある。ＫＯＤに参加するならこれ以上の援軍はないと思うぞ」

ティンバーは確かに経験豊富な熟練者だが、彼女のステータスを見て、エドガーは驚いた。サブキャラだと言っていたティンバーのレベルが予想以上に高かったからだ。

「もうひとりの私であり、ティンバーでプレイするのは心の底から楽しい」と言っていただけあって、レベルだけでなく、スキルツリーもかなり上位まで育てていた。【炎系】上位魔術である【インフェルノ】は動画で見たが、その上位である【イグニス】まで取得しているあたり、かなりのやりこみだろう。

それに、彼女はメンバーに必要だと思っていた後衛のアタッカーでもある。チームメンバーとしては最高のプレイヤーだ。

「……まあ、さ。本人は悪かったって反省してるみたいだし、許さないこともないけど」

「加入を承諾するのは、KODに参加するため、だかんな」

どうやらその説明で、メグとアンドウも多少納得したようで、渋(しぶ)い表情ながらも小さく頷(うなず)いた。

クランメンバーの中で誰かしらが異を唱えるかもしれない、というのはエドガーが事前にティンバーに話していたことだった。

プレイヤーキラー(PK)行為はゲームルールに則(のっと)った行為だが、以前よっしーが行(おこな)った大事なクエストの途中で被害にあったり、PKによって大切なアイテムを失ったりすれば、「末代まで祟(たた)るぞ」と言わんばかりに憎悪(ぞうお)を抱くのは当然だろう。

リアルマネートレード(RMT)のような違反行為よりも、プレイヤーに憎(にく)まれることがある。

未遂だったとはいえ、ティンバーが行(おこな)ったことはPK行為であることには変わりない。

ティンバーもそのことは理解していて、「加入を承諾してくれたのなら、皆から許してもらえるよう努力する」とメッセージで語っていた。

「それで？　ティンバーはエドのなんだったワケ？」

メグが、ぽつりと切り出した。

噴き出さなかったのは、そういった質問に慣れてきたからだろうか。ごほん、とひとつ咳をはさみ、エドガーはメグを見据える。ツンと唇をとがらせ、「それを教えてくれたら許したげる」とでも言いたげな表情だ。

「質問の意味がわからない。彼女はただのフレンドだ」

「マジかよ」

「まっ、マジに決まってるだろ」

逆方向から放たれたアンドウの攻撃に一瞬狼狽したエドガーだったが、なんとか心を平静に保つ。ティンバーと自分は、紛れもなくただのフレンド。隠し事があるとすれば、彼女の正体が今現在、動画視聴ランキングトップのクロシエで、ともに雑誌の表紙を飾った仲だということだ。

そんなこと、口が裂けても言えないが。

「ふーん。なら、そういうことにしといたげるけど、すずは気にしていると思うよ。そこんとこ」

「な、なぜだ」

「さあね。直接すずに聞いてみたらあ？」

邪な笑みをこぼしつつ、メグは目の前にウインドウを表示させた。ハンターズギルドで購入できるドリンクメニューが書かれたウインドウだ。テーブルの上に【はちみつ酒】がすぐに現れた。

「それよりもエド。去年の予選突破ラインが二〇万ＤＰだってのはわかったんだけど、それってどれくらいの数値なワケ？」

美味しそうに【はちみつ酒】をあおるメグ。大会について色々と調べたと豪語していたが、そこまで調べなかったのだろうか。深く調べず、勢いで済まそうとするのは彼女らしいが。

「ＤＰがもらえるＭｏｂの中で最弱のヤツが、確か五ＤＰくらいだ」

さらりと言われた答えに、メグとアンドウの表情がひきつる。

「ご、五ＤＰ!?　なんだそりゃ！　たった五ＤＰを積み重ねて、二〇万ＤＰまでいく必要があンのか!?　ひとり何匹狩んだよそれ!?」

「五ＤＰのやつでいくとすれば……ひとり六〇〇〇〇匹くらいだな」

「はあ!?　なにそれ！　絶対無理でしょ！」

ＫＯＤの予選期間は一週間。その期間で五ＤＰのＭｏｂを六〇〇〇〇匹狩るなら、ひとり一日八五〇〇匹程度を狩る必要がある。下校してすぐログインしたとして、プレイできるのは最大五時間ほど。単純計算だと、一〇秒で一匹倒さないと無理な数字だ。

「まあ、一匹五ＤＰというのは最低ラインの話だけど。もっとレベルが高いＭｏｂは数十ＤＰ、ボスクラスのＭｏｂだったら一〇〇ＤＰ以上になる。それに『ボーナスＭｏｂ』ってのも配置される」

「ボーナスＭｏｂ……そういえば、学校でメグさんがそんなこと言ってたな。なんだっけ？」

「期間が限定されているけど、取得ＤＰが多いＭｏｂのこと」

メグがドヤ顔で答える。

「一週間の期間のうち、偶数日に現れるボーナスＭｏｂをうまく狩れば、二〇万はいける数字だ」

「なるほどな。そんなモンがあるなら、いけるかもしれねえな」

「まあ、あくまで『いける可能性がある』レベルだけど」

エドガーの言葉に、再びアンドウの表情が曇った。

これまでのＫＯＤの歴史で、優勝候補筆頭のチームが予選であっけなく姿を消した話を、エドガーはいくつも知っていた。予選ではプレイヤースキルが勝利に直結せず、大番狂わせが普通におこるからだ。ゆえに、優勝候補チームは、補欠の二名に予選突破用の廃人プレイヤーを起用することが多い。

ちなみに毎年、予選の上位は廃人プレイヤーで構成されたチームが占めるが、彼らが陽の目を浴びることはない。昼夜問わずひたすらＭｏｂを狩り続けるというのはとてつもない労力なのだが、ＰｖＰのような派手さに欠けるため、公式放送で流されないのだ。

「とりあえず、すずさんたちが戻ってきたら作戦考えようぜ。無理しないレベルでやるっつっても、一〇〇位までに入りてえし」

「そだね。予選突破のマニラとアイテム欲しい」

そう言って、メグが再びドリンクメニューを開く。

先日のよっしー事件でまだ懐が温かいはずなのに、「一杯おごってくれ」と縋りつくアンドウがメグに頭突きを食らった。そんなふたりを見て、エドガーが冷笑したとき——

「みんな！　終わったよ！」

ハンターズギルドに、甲高い女性の声が響き渡る。

エドガーたちのもとに、すずとお供のウサが小走りで近づいてきた。相変わらずふたりは仲がいいようで、手を繋いでこちらに向かっている。

「……お、終わった」

エドガーの背後からどんよりと放たれたのは、魂を抜かれたかのごときヤマブキの声。死の宣告を受けたような絶望に打ちひしがれた表情に、エドガーはぎょっとしてしまった。

「な、なんだよ、どうした？」

「ガードが……固い」

「……え？」

状況がつかめないまま、しばし呆然としてしまうエドガー。

だが、ふとヤマブキの隣に立っていたティンバーを見て、気がついた。

ヤマブキは、ティンバーの心の天然防壁を突破することができなかったのだ。

「みなさん、ＫＯＤ受付は完了しましたデスよ！　ステータス画面にＫＯＤ参加マークがついてるか確認してくださいな！」

そう言ってウサは、とあるアイテムを皆に配りはじめた。

「なにこれ？」

「それを使えば、いつでもＫＯＤの情報が見られるんだって。予選の順位とか、参加チームとか」

アンドウの問いに、すずが答える。

「へえ……あ、ほんとだ。参加チームにアタシらの名前がある」

メグも嬉しそうな声で言った。

配られたのは、小冊子タイプの【ロスター】と呼ばれるアイテムだった。

ＫＯＤの情報は、公式ＷＥＢサイトに設けられた大会専用ページで確認できるが、更新にはタイムラグがあり、生の情報は手に入らない。

そこで、参加者がリアルタイムで情報を入手できるように用意されたのが【ロスター】だった。

【ロスター】は今後の大会スケジュール、予選の順位、参加チームやクランの情報にはじまり、周囲マップのリアルタイム表示や、自身のアイテムインベントリへのショートカットなど、大会を戦う上で便利な機能が多く備わっている
「よし、これで手続きは完了だな。スタートは明日からだ」

「うん、なんだかグランドミッションのときよりドキドキしてきた！」

エドガーの言葉を受けて、かすかに頬を紅潮させる、すず。

先日のバレンタインイベントと違った本気の戦いに、エドガーも多少高ぶりを覚える。

「アンドウ、ヤマブキ、念のため言っとくけど、グランドミッションのときみたいに暴走したら、今度こそヤバいからね？」

にこやかなすずとは対照的に、ドスの利いた声でちくりと刺すメグ。アンドウとヤマブキは言葉を発することなく、ひきつった笑みで答えた。

「とにかく！　結果うんぬんよりも大会を楽しもう！」

「楽しんだもの勝ちですからね！　大会って初めてだから、わくわくする！」

「よし。それじゃあ、明日からの計画を練ってから、狩り場を見に行こうか。ティンバーの歓迎も

兼ねて」

メグやすずの楽しそうな声を受けて、エドガーがそう提案した。

「あ、そうだね、簡単な歓迎会的な」

良いアイデア、と柏手を打ったすず。だが、当のティンバーは困惑顔だった。

「か、歓迎会？　わわ、わっ、私のか？」

「ティンバーさんのこと、いろいろ教えてください」

「そうです！　師匠とどんな関係なのか、とか！」

「え？　いや、しかしだな」

すずとウサに手を引かれ、ハンターズギルドの外へと連行されていくティンバー。見知らぬ人間ばかりという状況で、空気に慣れてもらうには、半ば強引に輪に入れてやる必要がある。だが、今ティンバーを助けに行けば、あれこれと質問攻めにあい、墓穴を掘ることになりかねない——

「お、おい、エドガー、彼女たちは一体……待て、なぜ手を振っている」

困惑した表情のティンバーへ、別れの挨拶をするように、エドガーははらはらと手を振った。

そして、心の中で「がんばれ」と小さくエールを送るのだった。

＊＊＊

「さあ、いよいよ始まった『The King of Dragons』ッ！　参加チーム八〇〇オーバーの中で、栄光の王冠を手にするのはたった一チーム、七人だけだッ！　この壮絶な戦いを制するのはどのチームなのかッ⁉　ＫＯＤの熱い戦いは今年もこの俺、アンドレアが熱い実況を交えてお届けするぜッ！　Check it out ッ！」

「……なんだこりゃ」

　ＫＯＤ予選一日目――

　学校から帰宅し、ゲームにログインしたエドガーの視界にでかでかと現れたのは、ＫＯＤ開催を告げる短い告知映像だった。動画に現れたこのアンドレアというＤＪは、現実世界でも番組を持っているプロのＤＪだとか。だが、昨年こんな動画を見た記憶は、エドガーにはなかった。

　今回は八回目で別に記念すべき回でもない。なぜ急にこんな動画を流すようになったのか。

「聞くところによると、今回から大会スポンサーが増えたらしい。生放送にもスポンサー企業の広告が出るだろうし、視聴者数を確保するために宣伝を出したというところだろう」

　そう言ったのは、ここクレッシェンドの風景がやけに似合うティンバーだ。海沿いの柵に腰を預け、海風に漆黒の髪をさらさらとなびかせているその姿は、神々しさすら感じてしまう。

「なるほど。視聴者数がダメダメだったら、来年からスポンサーが減ってしまうからってわけか」

「運営にとっては大会も大事な『収入源』だからな」

　ティンバーによると、あの動画はＫＯＤがはじまって最初にログインしたときにだけ流れるものらしい。去年と違い、公式サイトもＫＯＤ一色になっているようで、運営の力の入れようがわかる。

「参加チーム八〇〇って、去年よりかなり増えてるな」

「【ロスター】を見る限り、特に私たちのような新手のクランが増えているようだ」

「大手クランは？」

「去年と変わらずだ。ほとんど参加している……ほら」

ティンバーは、頬にかかる髪を小指でかきあげると、エドガーの前に【ロスター】ウインドウを表示させた。すでに予選のランキングが更新されていて、参加チームの一覧も表示されている。

「Grave Carpenters も参加しているな」

「お前が昔所属していたクランか？」

「よく知ってるな。できれば遭遇したくないクランだな」

彼らは、メンバー全員が動画視聴ランキングの上位にいるような、プレイヤースキルに特化したクランだ。しかも、クランマスターのクロノをはじめ、血の気が多い連中が多く所属している。Ｍｏｂ狩りをしている最中に出くわしてしまえば、問答無用で襲いかかってくるだろう。

「それよりも、これはなんだ」

ティンバーが見せたのは、「フォーチュン」と書かれたチームだった。

「……？　なんだそのチーム」

「それはこっちのセリフだ。お前はアランでも出場しているのか」

思わずどきりとしてしまったエドガーだったが、ティンバーがアランの存在を知っていることに気がつき、安堵する。そして、しばし記憶を辿った。

推測するに、フォーチュンは五十嵐が登録したチームだろう。

「色々あってな。ＤＩＣＥからの要望で、ＫＯＤに出場することになった」

他のメンバーが気になり、チームメンバー一覧を見てみたが、やはり知らない名前ばかりだった。

「予選はどうするのだ？」

「予選は俺以外のメンバーで何とかすると言っていた。予選はこっちに集中する予定だ」

自分以外の六人は、五十嵐が手配した予選突破要員だ。あっちは任せておいて大丈夫だろう。

「そういうことか。私に一位を取られて焦っているのだな。サブキャラにかまけてメインキャラをおろそかにするから、そういうことになるのだ」

「……耳が痛いよ」

「ふふ、まあ、アランが本気を出すまで、いっときの一位を堪能させてもらうさ」

いたずらっぽく笑っているのは、半分冗談のつもりなのだろうか。

だが、三位に転落したという事実を突きつけられているエドガーにとって、それは笑い事ではない。

「放課後ＤＣ部が予選突破した場合、どうするつもりなのだ？」

「ちょうど春休みで学校が休みになるし、実家への帰郷ということにして、しばらくはアランでプレイするつもりだ」

「そうなると、もし予選を突破したら、グループトーナメントはお前抜きで、ということか」

「そういうことだ。でも君がいてよかったよ、ティンバー」

エドガーが何を言いたいのかすぐに理解できたようで、ティンバーは任せろと言いたげに頷いた。

グループトーナメントは五対五のチーム戦になるが、直接五人同士が戦うわけではない。専用のフィールドで先鋒、次鋒、中堅、副将、大将の順で勝ち抜き戦を行う団体戦だ。

団体戦において重要になるのが、豊富な知識を持ったリーダーの存在だ。

リーダーは各クラスの相性や弱点など、知識に裏付けされた的確なアドバイスを行う役割を担う。

エドガーが考える中でリーダーとして適任なのは、ティンバー以外にいなかった。

「アランの件がなかったとしても、大会ではできるだけ目立たないようにしたい。君が言っていたエドガーの正体を探っているやつらに見つかりたくないからな」

「侍狩りか」

エドガーは無言で頷いた。エドガーへのコンタクトを図っているというアパレルメーカーTwinklingだけではなく、多くの企業の目が向けられているKODで月歩を使ってしまったら、面倒なことになるのは明白だ。

だが、【ロスター】に視線を送ったままのティンバーの表情は優れない。

「難しいか？」

「ん？　あ、いや、リーダーの件はかまわない。だが、な」

「……？　どうした？」

不穏な表情でティンバーが再び【ロスター】の画面を見せる。表示されていたのは、先程のチームリスト画面ではなく、大会のレギュレーションページだった。

「今回、参加チームが増えたためか、レギュレーションの変更がある。ここを見ろ」

「……敗者復活戦？」

「大会の流れ」部分、予選とグループトーナメントの間に、聞き覚えのないその名前があった。

「予選のDPランキング一〇一位から一二〇位までの二〇チームによるバトルロイヤルらしい。本選と同じく、一チーム五人で戦うようだな」

「勝利した一チームがグループトーナメントに進める、というわけか」

これは過酷だ、とエドガーは渋い表情を浮かべた。

敗者復活戦がどれくらい広いフィールドで実施されるのかはわからないが、二〇チーム、合計一〇〇人のプレイヤーが一斉にPvPを行うということだ。

戦っている最中に他のチームに襲われる、なんてことは当然のように起こるだろうし、敵味方入り乱れての乱戦になりかねない。そうなったら、プレイヤー個人のスキルなど無に等しくなる。

「もし、放課後DC部とフォーチュンが敗者復活戦に送られたら、まずいことになるな」

ティンバーの言いたいことが、エドガーにはすぐ理解できた。

予選突破というひとつの椅子を懸けて、放課後DC部と戦うことになりかねないのだ。

しかし、その可能性は低いとエドガーは考えていた。

五十嵐が手配したプレイヤーがどの程度こちらの世界に入り浸っているのかはわからないが、予選突破を確実にするために相当なプレイヤーを手配しているはず。公式配信が行われない予選敗退で終わってしまえば、宣伝効果がないようなものだからだ。

「放課後DC部は敗者復活戦送りになるかもしれないが、フォーチュンは大丈夫。ティンバーが言うようなことは起きない」

そう言ってティンバーが【ロスター】画面を閉じたときだ。

「ししょ～！」

海風に乗ってエドガーのもとに運ばれてきたのは、エネルギーに満ちあふれた女子の声。まさにウサギのごとく飛び跳ねながら駆け寄ってきているウサのものだ。

「お待たせしましたッ！　師匠ッ！　いよいよデスね！　賞金貰えるKOD！」

エドガーの目前で急ブレーキをかけ、ずざざと滑り込んでくるウサ。その目はこれから始まるお祭りへの期待感なのか、賞金への渇望なのか、爛々と輝いている。

「あっ、すずさんたちログインしたみたいですよ！　私ちょっと迎えに行ってきますね！」

息をつく暇もなく、ウサはくるりとターンすると、再び街の広場の方へ走っていった。

なんともせわしないヤツだ、とエドガーは辟易してしまう。

「ところでウサはなぜお前を師匠と呼ぶのだ？　お前はこの世界で弟子を取ったのか？」

「俺に聞くな。ウサを弟子にしたつもりはないし、何かを教えているわけじゃない。以前困っているところを助けてしまってから、あの感じなんだ」

「……ふふ、なんだそれは」

ティンバーが面白そうに頬を緩ませる。

「しかし、一体なんなのだ、放課後DC部の面々は。お前との関係を細かく聞き出そうとしたり」

「ウサあたりに聞かれたのか。アランのことは話してないだろうな」

「安心しろ。それよりもだな、クランマスターはお前と私の関係がたいそう気になるそうだ」

「……なんだって？」

空耳かと思ったエドガーだったが、くつくつと肩を震わせ、忍び笑いを浮かべるティンバーを見る限り、勘違いではなさそうだった。

「お、おい、今なんて」

「ふふふ、なんとも奇妙なプレイヤーたちがいるクランだな。お前が大切にしたいと思う理由がわかったよ」

「な」

何をふざけたことを言っているんだ、と突っ込みかけたエドガーだったが、そんな反応すらティンバーを喜ばせてしまう気がして、精一杯の皮肉で答えてやることにする。

「……そうだな。突然『サブキャラを所属させてくれ』、なんて言うヤツもいるクランだしな」

どうだ、とエドガーがティンバーを横目で見やる。

少しはむっとするのかと思ったのに、ティンバーは変わらず楽しそうだ。

敗北感を感じてしまったエドガーは、降参だと口にする代わりに小さくため息を漏らす。

重苦しいため息は、潮の香りを携えた海風に乗り、街の中へと通り抜けていく。

続いて、なにやら楽しそうなすずとウサの声が聞こえてきた。

＊＊＊

クレッシェンドの街の入り口に移動したエドガーたちは、パーティをふたつにわけることにした。昨日余った時間で、いくつかのダンジョンを下見してまわったときに、この予選を戦い抜くのにいい狩り場を二カ所発見したからだ。

エドガーが考えるいい狩り場とは、現れるＭｏｂのレベルと獲得ＤＰのバランスがいいこと。そして、予期せぬアクシデントでパーティメンバーが危機に陥ったとき、退路が確保できる場所であることだ。

獲得したＤＰは万が一死亡しても失われることはないが、所持しているアイテムや装備は別だ。失った装備を新たに用意する時間を考慮すると、多少時間がかかっても、身の安全を確保しながらＭｏｂ狩りを行う方が、結果的に多くのＤＰを稼ぐことができる。

「パーティのリーダーは、エドガーくんとティンバーさんで考えてるんだけど……どうかな？」

少し自信なさげに、すずがふたつのパーティのメンバーを発表した。

ひとつめのパーティは、盾役もこなせるアンドウに、攻撃役のティンバー、メグ、そして回復役のすずというオーソドックスなパーティ。そしてふたつめのパーティは、残りのエドガー、ウサのダブル侍に、盾役のヤマブキで構成した攻撃型パーティだ。

すずが偏った構成にしたのには理由があった。ひとつめのパーティが向かう狩り場――ダンジョン「瘴気の谷」が、比較的高レベル向けのダンジョンだったため、極力戦力を集めておく必要があったのだ。またダンジョンの特性により、回復役は必須だった。

「ふむ、なかなか良い布陣だ」

　驚きの声をあげたのはティンバーだ。

「瘴気の谷はその名のとおり、毒性の強い瘴気が滞留している場所もある危険なダンジョンだからな。ステータス異常を回復できるすずがいるのはありがたい」

「え……あ、ありがとうございます。がんばります！」

「私が言うのもなんだが、敬語は必要ない。できるなら、フランクに接してほしい」

　ティンバーが少し気まずそうに笑顔を見せる。

「……うん、わかった。同じクランメンバーだからね」

「ああ。はじめての狩りだが、皆、よろしくたのむ」

　小さく頭を垂れるティンバーに渋々頷いたのは、まだ彼女のクラン参加を快く思っていないメグとアンドウだ。

　すずがふたりとティンバーを同じパーティにしたのは、戦力的という意味合いもあるが、早く打ち解けて欲しいという思いもあるらしい。まだぎこちなさはあるが、同じゲームを楽しんでいるのだから、すずの思惑どおり、しこりはすぐに解消されるだろう。

　ぎこちなく握手を交わしているティンバーとメグを見て、エドガーはそう思った。

「よし、それじゃあ確認！」

　出発前の最終チェックだ、と言いたげにすずが元気よく号令をかける。

「皆、回復アイテムは持った？」

「持ったよ！」

　ぴょんぴょんと跳ねながらウサが答える。

「ウサさん、リーダーのエドガーくんのいいつけを守るようにね」

「はいは～い！」

「俺はお前の保護者じゃねえ」

　おやつは三〇〇円まで、なんて言いそうな雰囲気に、エドガーはげんなりしてしまう。

　ウサの背中にうっすらと小ぶりのリュックサックが見えるのは気のせいだろうか。

「それじゃあ、出発！」

「おーっ！」

「お前はこっちだ」

　勢いですずの後を追おうとしていたウサの首根っこを押さえ、エドガーはすずたちと逆の方向へと向かう。「本当に保護者みたいだな」と笑うヤマブキは無視してやった。

　クレッシェンドの街を出て西へ――

　エドガーたちの目的地は、クレッシェンド大平原の彼方に霞む廃城、「オークのねぐら」だ。

＊＊＊

「ウサ、ヤマブキ、周囲警戒を怠るなよ」

「わ、わかってますってば」

「言われなくてもやってるっての」

クレッシェンドエリアにある、人間とオークとの戦いで廃棄されたクロッサス城、正式名称「オークのねぐら」。昔は絢爛豪華な鎧を身にまとった騎士たちが数多くいたというこの城は、いまやオークたちがひしめく恐ろしいダンジョンへと様変わりしている。人の手が入らず、苔に覆われ半壊している廃城型ダンジョン「オークのねぐら」は、おいしい経験値が獲得できる「オーク・ソルジャー」の狩り場として知られているダンジョンだった。

「ウサさん、今ＤＰいくつかわかる？」

持参した【回復薬】を手のひらに塗布しながらヤマブキが訊ねた。

「ええっと……二四〇ＤＰなので、三人で七二〇ＤＰですね」

「ダンジョンに入って一時間……で、ひとり二四〇ＤＰ……おいしい方なのか？」

不安げなヤマブキにエドガーが頷いてみせる。

「この強さで二〇ＤＰもらえるのはおいしい方だ。もう少し上のレベルのＭｏｂが出るすずさんの方はもっと稼げてるかもしれないが」

「瘴気の谷って、サラディン盆地にあるんでしたっけ？　結構高いレベルのＭｏｂ、出ますよね」

トラウマがあるのか、ウサの耳はぺたりとしなっている。初めて会ったとき、ウサはソロでサラディン盆地を抜けようとしていたことを、エドガーは思い出した。

「瘴気」と呼ばれる毒素を含む霧が発生する瘴気の谷は、死霊系のＭｏｂが多い。中でも、「グール」や「バンシー」「レイス」といったＭｏｂは、オーク・ソルジャーよりもレベルが高く強いが、その分、高ＤＰを獲得することができる。

「聖職者のすずさんがいるし、なによりティンバーがいる。問題ないだろう」

「向こうの心配は後にしようぜ。そろそろオークが再配置する時間だ」

壁に背を預け、身を潜めながら部屋の外を見やるヤマブキ。

今エドガーたちがいる場所は、オークのねぐらの深部、その昔厨房として使われていたと思しき小さな部屋だった。

下見の際、エドガーがここを狩場に選んだのは、この部屋があったからだ。

厨房はオークが現れず、食堂につながっている扉と裏庭につながっている扉があり、オークの誘い込みと、脱出が容易なのだ。

そしてもうひとつ、厨房には別のダンジョンである「クロッサス下水道」への入り口があるため、万が一の場合、エリアチェンジで逃げることも可能だった。

「よし、じゃあまた頼むぞ、ヤマブキ」

「任せとけ。オークのやつらをここに引っ張ってきてやる」

ヤマブキの役目は、Ｍｏｂのターゲットを取ることと、部屋の外に現れるオーク・ソルジャーを安全な厨房に連れてくることだった。

「気をつけろ。何かあったらすぐに呼べ」

「わかってるって」

ヤマブキは笑みをこぼすと厨房を後にした。

ダンジョンでのＭｏｂ狩りの方法は、パーティのレベルによって異なる。ひとつは安全な場所を拠点として、盾役のプレイヤーや遠距離攻撃ができるプレイヤーがＭｏｂを釣ってくる「拠点狩り」。そして、単純にダンジョンを周回し、出会い頭にＭｏｂを狩る「周回狩り」だ。

拠点狩りよりも、周回狩りの方が比較的短時間で多くの戦闘ができるため、取得する経験値は多くなる。だが、臨機応変に戦闘をする必要があり、パーティ全員のプレイヤースキルと、移動しながら回復ができる回復役の存在が必須だった。

「師匠」

と、ヤマブキが厨房を後にしてすぐ、ウサが静かに切り出した。

「私の気のせいかも、なんですが。なんだか下見に来たときよりもこのダンジョンにいるパーティ、少なくないですか？」

先日、下見のためにオークのねぐらを訪れたときは、オーク狩りをしている「周回狩りパーティ」と何度もすれ違った。

しかし、今日はパーティの姿がない。姿がないどころか、戦闘音すら聞こえない。

予選がはじまり、オークのねぐらでは高いＤＰが獲得できるにもかかわらずだ。

「この前より多くても不思議じゃないのに、減るなんてあり得ないと思うんです」

「意外と鋭い洞察力を持っているんだな。俺が周囲警戒を怠るな、といった理由がそれだ」

「それ？」

「オークが現れない場所なのに、周囲警戒するのは変だと思わなかったか？」

「ええと……はい、確かにちょっと思いました。師匠は心配性なんだなー程度にしか思ってなかったですけど」

思わず、ぷっくりとしたウサの頬をつねりたくなったエドガーだったが、自制する。

「俺たちが注意すべきは、オークよりも今このダンジョンにいる『とある』プレイヤーだ」

「だ、誰です？」

「レッドネームだ」

「……レッドネーム？」

ウサが小さく首を傾げ、何やら考え出す。そのまましばし黙考したウサだったが、どうやらその名前は記憶になかったようで、笑顔をこちらへ向けてきた。

「いいか」

念を押すように、ウサの適当な記憶力に刷り込むように、エドガーはゆっくり説明する。

「レッドネームとは、頻繁にＰＫ行為をしている危険な輩のことだ」

＊＊＊

双方が同意した上で行われるＰｖＰは、力を競い合う、いわば競技的な目的で行われることが多いが、ＰＫ行為の目的のほとんどが実利的なものだった。

その最たるものが相手のアイテムを奪うこと。

プレイヤーを襲い、死亡させることで、所持しているアイテムや装備をオブジェクト化させ、奪う。見知らぬプレイヤーに装備を盗まれるというのは気持ちのよいものではないが、ＰＫ行為はゲームルールに則ったロールプレイのひとつでもある。

危険なダンジョンに行くことなく装備を手に入れることができるＰＫ行為は、良識に目をつぶればメリットが大きいと思われがちだ。だが、仕掛ける側にデメリットがないわけではない。

そのデメリットが、ステータス異常状態のひとつである「レッドネーム」化だった。

ＰＫ行為を一定回数以上行ったプレイヤーは、ステータス画面の名前が赤く表示されることになるのだ。これはれっきとしたステータス異常状態で、体力の自然治癒力が低下したり、アイテムの購入価格が高くなるなどの制限を受ける。

また、レッドネームへのＰＫ行為はペナルティを受けないという特徴もある。

つまり、レッドネームはプレイヤーから執拗に狙われ続けるということだ。

「そのレッドネームがここにいるんですか？」

「ダンジョンのプレイヤーがいないのは、レッドネームによって排除されたか、彼らを恐れて別の狩場に向かったからかもしれない。もしかすると、どこかのチームがＫＯＤ予選を有利にすすめるために、レッドネームを補欠として起用した可能性もある」

レッドネームはペナルティも多いが、狩場を独占するために彼らを利用する場合もある。ＰｖＰに自信がないプレイヤーが彼らを恐れ、狩場から離脱していくのだ。

「じゃあ、ここはかなり危険な場所だってことですよね？　移動した方がよくないですか？」

「いや、移動はしない。レッドネームがライバルたちを排除してくれているとすれば、注意するのは彼らだけだ。これほど狩りやすい場所はないだろ？」

「……そう言われれば、確かにそうですね」

もしレッドネームが襲ってきたとしても退路は確保してある。彼らの目的が狩場を確保することだとすれば、執拗に追ってくることはないだろう。

「大事なのは、いつも以上に周囲の状況に目を配っておくこと。怪しいプレイヤーを見かけたらすぐに逃げるくらいのつもりで――」

と、エドガーが言いかけたそのときだ。

「キタキタ、来たぜ！　大漁だッ！」

突如、厨房の扉を蹴破り飛び込んできたのは、ヤマブキと、彼を追いかけるオーク・ソルジャーの群れ――

同時に複数匹のＭｏｂを釣るのは、非常に難しく危険が伴うが、短時間で多くの経験値とＤＰが手に入る。ヤマブキが言うとおり、これはまさに大漁だ。

「用意できてンだろうな⁉　エドガー！　ウサさん！」

「ウサ、とりあえず今はオークに集中しよう」

「ラジャっす！」

エドガーが勢いよく刀を抜き、ウサとともにオークへと襲いかかる。

静かなダンジョンに、エドガーたちの戦闘音だけが響いた。

その後、エドガーたちはレッドネームの存在に神経を尖(とが)らせつつ、ひたすらオーク狩りを続けた。

回復役(ヒーラー)がいないパーティ編成で事故が起きる心配をしていたエドガーだったが、幸運にもそれは杞憂(きゆう)に終わった。

だが――問題は別のところで起きていた。

エドガーがそのことを知ったのは、アイテムの補充にクレッシェンドの街に戻ったときだった。

クレッシェンドの街でエドガーを待っていたのは、「瘴気(しょうき)の谷」に向かっていたはずのメグとアンドウの姿。一瞬、何があったのかわからなかったが、彼らの姿を見て即座にすべてを理解した。

彼らは無装備(ネイキッド)――つまり、武器と防具を何も装備していない姿だった。

「……ＰＫ行為を受けた？」

「いきなりよ、いきなり。グールと戦闘しようとした瞬間、背後から襲いかかってきたわけよ！」

メグが言うには、瘴気(しょうき)の谷に入ってすぐにプレイヤーからの攻撃を受け、メグと盾役(タンク)のアンドウがやられてしまったらしい。

「師匠も感じてたみたいですけど、オークのねぐらもＰＫがいそうな空気でした」

「はあ!?　マジで!?　何なのよ一体！」

「とにかく落ち着いてメグさん。その……とりあえず市販品でもいいから、装備を買った方がいいと、思うよ」

いつもより露出度が高い下着だけのような姿で怒るメグのどこに視線を置けばいいのかわからず、

エドガーは困惑してしまう。

「つか、アンドウがいながらなんで、メグさんまで？」

「いやね、盾役（タンク）の俺が攻撃を受けている間に逃げてもらおうとしたんだけど、その……メグさんが逃げ遅れてさ」

聞き取りにくい、かすれるような声でヤマブキに説明するアンドウ。だが、メグの地獄耳はその言葉に即座に反応した。

「な〜によ、アンドウ。アタシがとろいからやられちゃったって言いたいワケ？」

「い、いや、そういうわけじゃないけど、メグさん、こけちゃったから」

「ああん？　なんだって？　よく聞こえないわ、アタシ」

怒りで羞恥心（しゅうちしん）というものが吹っ飛んでいるのか、もともとそういうものがないのかわからないが、気にする様子もなく下着姿で詰め寄るメグ。周囲のプレイヤーが哀れみの視線を送っているが、これはメグに、というよりも詰め寄られているアンドウへの哀悼（あいとう）の視線だろう。

「それで、すずさんとティンバーは？」

「俺がタゲられている間に、すずさんとティンバーは奥へ避難してもらった。たぶん、今も身を隠していると思う……ってメグさん痛い」

アンドウがメグにぴしぴしとスネを蹴られながら答える。街はＰＫ行為禁止のため、痛みは感じないはずだが、心理的ダメージだろうか。

「詳しい状況はわからない？」

「わ、悪い。確認する前にやられてすぐに、エドガーたちが戻ってきたから、まだ確認してない」

「ということは、あまり時間は経ってないってことか」

そして、ここにすずたちが戻ってきてないということは、少なくともふたりは死亡していない。

状況を直接本人たちに確認するために、エドガーは、クランメンバーと会話を交わすことができる「クランチャット機能」をメニューから開いた。

クランチャット機能は、発した音声が自動でテキスト化され、クランメンバーと共有することができる機能だ。メールでもメンバーとのやりとりは可能だが、クランメンバーとのコミュニケーションには、リアルタイムでやり取りができるクランチャット機能を使うことが多い。

『エドガー：ティンバー、すずさん、状況は聞いた。今は安全な場所に？』

エドガーの声がダイレクトにテキスト化され、視界に浮かぶウインドウに表示された。わずかな時間をはさみ、返答が来る。

『ティンバー：ああ。今はすずと身を潜めている』

『すず：ごめんね、エドガーくん。周りに高レベルのＭｏｂもいるし、身動きがとれない状況』

即座に返ってきたふたりの反応に、エドガーはとりあえずほっと胸をなでおろす。

『エドガー：無事なようでよかった。メグさんとアンドウの装備は？』

『ティンバー：私が回収した』

『メグ：ホント!?　ティンバーさん、マジありがとう！』

『アンドウ：え？　まじッスか？　俺の装備まで!?』

『ティンバー：お前の装備は、メグのを拾ったついでだ。放置してもよかったが、後味が悪くてな』

『アンドウ：あー、そーッスよねえ』

『メグ：かわいそうなアンドウ』

そのやりとりに、エドガーは思わず笑みを浮かべてしまった。

ティンバーの加入を快く思っていなかったふたりだが、瘴気(しょうき)の谷でいくらか打ち解けたのかもしれない。ＰＫの邪魔を受けなければ、もっと打ち解けられただろう。

『エドガー：Ｍｏｂがどうにかなれば脱出できそう？』

『すず：無理かも。襲ったパーティがうろついていて、とりあえず時間も時間だから、このままここでログアウトしようかって、ティンバーさんと話してた』

その返答に、エドガーはしばし考える。

解決法は限られている。ふたりでＰＫがうろつくダンジョンを強行突破してもらうか、彼女たちを救出しに行くかのふたつだ。どちらにしろ、時間がかかってしまう。プレイ時間が制限されているメグやすずを考えると、今日はおとなしくログアウトしてもらうべきかもしれない。

『エドガー：それがいいと思う。周囲に注意してログアウトしてくれ。ログアウト処理中に襲われたら、逃げることも反撃することもできないからな』

『ティンバー：ああ、わかっている』

そして、ティンバーから返事が届いてしばらく後、クランメンバーのリストに並ぶ、すずとティンバーのステータスが「オフライン」へと変わった。

とりあえずは一安心だが、状況が好転したわけではない。

瘴気の谷でログアウトすれば、再びログインしたときに立っている場所は、同じ瘴気の谷だ。どちらにしろ、明日、自力で脱出してもらうか、救出に向かうしかない。

「なあ、こんな状況で言うのもアレだけど、今日稼いだＤＰっていくつなんだ？」

重苦しい空気の中、ヤマブキが切り出した。

「んーと……四〇八〇ＤＰだね。ランキングは三五〇位。アタシらのパーティが全然狩れなかったらね。ホント、ごめん」

「気にするな、メグさん。まだ一日目だ」

エドガーがフォローを入れる。それに、三五〇位ということは、半分よりも少し上だ。ＰＫを受けた状況にしてはいい方だろう。そう考えた矢先、ヤマブキがちくりと続ける。

「でも明日は、例のボーナスＭｏｂが現れる日だろ？　こんな状況で狩れなくね？」

ボーナスＭｏｂが現れるのは、通例でいえば、偶数日。つまり、現れるのは二日目である明日だ。

ヤマブキが言うとおり、明日ボーナスＭｏｂを狩るのは難しいだろう。

装備を失ったアンドウとメグ、そしてすずとティンバーの危機的状況。

「さて、どうするか」

エドガーはそっとひとりごちる。

一番時間のロスが少ない効率的な方法は、すずたちに自力で脱出してもらい、エドガー、ウサ、ヤマブキでボーナスＭｏｂを狩ることだろう。脱出したすずたちは、装備が戻ったアンドウ、メグとともに合流すればいい。

だが、もし脱出が失敗してしまったら話は変わる。アンドウとメグを含め、合計四人分の装備が失われることになり、そうなれば、三日目以降の狩りにも影響が出てしまうだろう。

その機会損失は、明日のボーナスＭｏｂで得られるＤＰ以上になる。

「……仕方がない」

ため息交じりでエドガーが切り出した。

メグとアンドウは市販装備を購入し、ウサ、ヤマブキの四人でオークのねぐらに行ってもらう。目的はもちろんＤＰを稼（かせ）ぐためだ。つまり、ティンバーとすずを救出に向かうのは自分ひとり。ひとりで瘴気（しょうき）の谷に向い、ふたりを救出する――

それが、エドガーの考えたもっとも安全で確実な方法だった。

＊＊＊

サラディン盆地は周囲を山に囲まれたエリアで、地層に含まれる「魔鉱石」が雨水に溶け、侵食された溶食盆地（ポリエ）だ。

その魔鉱石はプレイヤーの生産にも活用されている。だが、魔鉱石は水に溶解しやすい特徴を持ち、雨水に溶け込むことで、毒素を持つ危険な濃霧「瘴気（しょうき）」へと変化することが知られている。

瘴気（しょうき）はプレイヤーにとって、厄介な存在だ。

盆地特有の、風が弱く空気が留まってしまう特徴から、瘴気(しょうき)の谷近辺には「瘴気(しょうき)の溜(た)まり場」が形成される。その「瘴気(しょうき)の溜(た)まり場」に立ち入ってしまうと、持続的ダメージを受けるだけではなく、「毒」の状態異常になり、さらには攻撃命中率を低下させる「盲目」や移動速度を低下させる「鈍化(どんか)」などを誘発させることがあるのだ。

ゆえにサラディン盆地エリアで狩りを行う際は、状態異常を回復させる魔術【クリアランス】が使える聖職者(クレリック)がパーティに必要だった。

「さて、向かうか」

サラディン盆地エリアの南側、平野を切り裂くようにえぐる亀裂の端に、ひとりのプレイヤーの姿があった。単独ですずとティンバーを救出すべく、瘴気(しょうき)の谷を目指すエドガーだ。

エドガーがそのことを話したのは、学校の昼休み、いつものメンバーですずたちの危機をどう切り抜けるか話し合っていたときだった。

アンデッド系のＭｏｂがひしめく瘴気(しょうき)の谷にソロで向かうなんて無謀すぎる、と当事者であるすずは反対した。だが、他に方法が見つからない以上、すずもその案に納得するしかなかった。

『エドガー：ティンバー、すずさん、今からそちらに向かう』

『すず：ごめんね、エドガーくん』

『ティンバー：気をつけろ、エドガー。毒のダメージはテクニックでどうなるものではない』

『エドガー：心配するな。まだＰＫがダンジョンに残っているかもしれない。そのままじっと身を潜めていてくれ』

『すず：わかった』

『エドガー：メグさんたちの方は順調か？』

メグたちは予定どおり、ＤＰを稼ぐためにオークのねぐらに向かった。クレッシェンドを出たのは同時だったから、そろそろあの厨房に到着しているくらいだろう。

視界に映る時計を見ながら、エドガーはそう思った。

『メグ：これからアンドウとヤマブキがオークを釣ってくる感じ』

『ウサ：こっちは任せてください！　バリバリ狩りまくりますから！』

『ヤマブキ：問題ないから心配するな』

すぐに返答がくる。アンドウから返答がないのはオークを釣ることに集中しているからだろう。

『エドガー：しばらく俺もプレイに集中する。チャットに反応できないかもしれないが気にするな』

エドガーは返事を待たずに視界からクランチャットウインドウを閉じると、アイテムインベントリを開いた。クレッシェンドの街で購入してきた【回復薬】と【元気薬】、状態異常「毒」を消すアイテム【毒消し薬】に、「盲目」を回復させる【点眼薬】。そして「鈍化」を回復させる【機敏薬】が詰まっている。

最も注意すべきはＭｏｂでもプレイヤーでもなく、テクニックではどうすることもできない状態異常を起こす瘴気だ。もし、瘴気の溜まり場に足を踏み込む場合は、即座に状態異常を回復させる必要がある。状態異常中にＭｏｂやＰＫに絡まれた場合、不利な状況で戦うことになるからだ。

エドガーは念を押すように自問すると、深く深呼吸し、精神を研ぎ澄ます。

そして、腰に下げた刀の感触を確かめると、瘴気の谷に向け、ゆっくりと崖を下っていった。

＊＊＊

エドガーが持つ松明の明かりが、周囲のなめらかな曲線を描く洞窟の輪郭を浮かび上がらせた。

白色や土色にまざり、ぼんやりと翡翠色に輝く魔鉱石は、まるで星空の下にいるような錯覚すらしてしまう。魔鉱石の溶食作用で作られた「瘴気の谷」は、思わず立ち止まってしまうほどの美しさを持つ。だが、エドガーは足をとめることなく、松明の明かりを頼りに慎重に足を進めた。

「茨に棘あり」ということわざが脳裏に浮かぶ。この美しいダンジョンには、油断すれば瞬く間にホームハウス送りにされる危険に満ちているのだ。

ここは一時期かなりお世話になった「狩場」だった。アンデッドや死霊系のＭｏｂは防御力が低いものが多く、単発火力を武器とする物理攻撃特化職の侍にとって、これほど戦いやすい狩場はない。

「うっ……」

突如ツンと突き刺さるような刺激臭が、エドガーの鼻腔を襲った。「瘴気」の臭いだ。

瘴気の溜まり場に近づいたことを感じたエドガーは、松明の明かりを消し、暗闇に目を慣らす。

エドガーが明かりを消したのは、明かりにＭｏｂが近寄ってくる可能性があるからだ。瘴気だけに注意して、近づいてくるＭｏｂに気がつかなかった、なんてことになれば目も当てられない。

しばらくの時を費やし、次第に周囲の闇にエドガーの目が慣れていく。

そして、エドガーの前方数メートル。瘴気の溜まり場にいくつかの人影が見えた。

ここで死んだ人間が瘴気にあてられモンスター化したＭｏｂ、グールだ。

迂回すれば抜けることができそうだが、迂回路にも瘴気が滞留している可能性はある。時間のロスを避けるためにも、このまま進むのがベスト。

「行けるか」

そう判断したエドガーは、ゆっくりと動き出した。

鯉口を切りながら、無音で闇の中へと身を預ける。

一歩。

エドガーはまだ刀を抜かない。

ツン、と脳天を貫くような刺激臭が危険を知らせる。

もう一歩。

グールとの距離は五メートルほど。瘴気の溜まり場ぎりぎりの場所だ。

足が止まる。

右足を踏みしめ、同時に身をかがめ、刹那、抜刀――

闇の中に刃紋が走る。

だが、その刃が向かったのはグールではない。しっかりと握りしめた刀の柄は弧を描き、エドガーのすぐ脇、翡翠色に輝く壁面へと叩きつけられた。

「……!?」

衝撃が空気を震わせ、一匹のグールがこちらへ視線を向けた。

「こっちだ」

瘴気の溜まり場から距離を置くように、エドガーが背後へ跳躍する。

その姿を追い、グールが動き出した。

エドガーの狙いは、彼らを瘴気の溜まり場から、一匹ずつ引きずり出すことだった。

アンデッド系Ｍｏｂであるグールには、二つの特徴がある。

ひとつは、視認範囲が異様に狭いことだ。グールは音や光に反応して襲いかかってくるアクティブ属性のＭｏｂだが、その範囲が他のＭｏｂと比べても極端に狭い。

ゆえに、グールは「釣りやすい」部類に属するＭｏｂだった。

そしてもうひとつの特徴が、トロールに似た圧倒的な自己治癒力を持っていることだ。

Ｍｏｂはプレイヤー同様、体力とスタミナが自然治癒していくが、グールはその自然治癒のスピードが極端に速い。その速さは、攻撃の手を休めてしまうとあっという間に体力が全回復してしまうほどだった。ゆえに、グールは一匹ずつ確実に処理していくのがセオリー。

特に、状態異常を受けてしまう瘴気の中で戦うなど、愚の骨頂なのだ。

「ほら、こっちだぞ」

もう一度、エドガーが壁面を殴りつける。

その音におびき寄せられるように、グールはふらふらとエドガーのもとへ向かった。ゆらゆらと揺れるグールの形が、次第にはっきりとしていく。

そろそろか、とエドガーは身構えた。

【円月斬り】で動きを止めて【袈裟斬り】から【斬り込み】にキャンセルで繋げれば片付けられるだろう。ひゅん、と大きく刀を横になぎ払う。【中段構え】の【円月斬り】の発動モーションだ。

そして、くるりと身を翻し、全身のバネと遠心力を使って【円月斬り】を放つ――

そのときだった。

「ッ!?」

突如、閃光がエドガーを襲った。刹那、轟く爆音。

業火が吹き荒れ、その衝撃でまるで紙細工のようにグールたちが吹き飛ぶ。

咄嗟に【地走り】を発動させ、背後へと距離を置くエドガーだったが、地を這う炎から完全に逃れることはできなかった。

「くっ……!」

体力ゲージが三分の一ほど削られてしまったのがわかった。

だが、エドガーは突然起きた爆発に戸惑いつつも、即座に体勢を立て直す。

その爆発の原因が何なのか、エドガーにはもうわかっていた。

前方、瘴気の溜まり場があった場所に、いくつかオブジェクト化されたアイテムが転がっている。

あれは魔鉱石だ。爆発は瘴気を固形化させる過程で発生する化学変化だった。

つまり、突然炎を噴き出し、大きく爆ぜたのは瘴気。

瘴気を固形化させるために必要なのは、魔術師の【炎系】魔術だ。

「誰だ」

エドガーが闇に問う。じっと精神を研ぎ澄まし、暗闇の中に潜む敵を探る。かすかに影が動いたのが見えた。そして、鎧がきしむ音も。

「……あれっ？」

背後から突如放たれたのは、幼い少年の声だった。

エドガーは咄嗟に踵を返し、声が放たれた方向へ刀を向ける。

「こいつってもしかして？」

「フン、かもしれないな」

今度は前方から、少年とは別の声が放たれた。

さらにもうひとり、女性の声が闇に響く。

「へえ。あたしらって運がいいねえ」

深い暗闇の中から染み出るように現れたのは、三人のプレイヤーだった。

目つきの悪い金髪の小柄な少年に、髭を蓄えた筋骨たくましい男。そして、赤い短髪で蛇のような鋭い目をした女性。

「あんたらは」

じり、と詰め寄る三人のプレイヤーに、エドガーが警戒の色を強める。

彼らが放つ空気は明らかに友好的なものではなかった。

その目に携えているのは、わかりやすいほどの、敵意。

エドガーはステータス画面に表示されたそれを見て、彼らが何者なのか理解できた。

赤く血の色に染まった三人の名前——

こいつらが、すずたちを襲ったレッドネームだ。

「俺に何か用か？」

突如現れた三人のレッドネームに、エドガーは挑発するように言い放つ。

「いや、何って……ねえ？」

クスクスと忍び笑いを浮かべる、金髪の少年プレイヤー、名前はイブキ。

その黄金に輝く頭髪と、身の丈に合ってない大柄な黒いローブが印象的な魔術師(ウィザード)だ。現実世界でもそれくらいの年齢なのかはわからないが、雰囲気(ふんいき)から察するに、それほど年齢は高くないだろう。

「見てわからんか」

そう続けたのは、屈強な中年の男。ハルク、という名前のクラス侍のプレイヤーだ。

その名前に勝(まさ)るとも劣らない、筋骨隆々の体つきと血を好む武士(もののふ)のような佇(たたず)まい。射抜くような鋭い瞳は、ＰｖＰが三度の飯より好きだと物語っている。

「なあ、あんた、件(くだん)の月歩使いだろ？」

そして、レイチェルという名の女戦士(ファイター)が、どこか気だるそうに訊(たず)ねてきた。

華奢(きゃしゃ)な体つきではあるものの、蛇のような鋭い視線からは、並々ならぬ暴力を感じる。

「僕たち、クランマスターから言われてＫＯＤに参加してるんだけど、つまらないＭｏｂ狩りでうんざりしててさ。ココで手当たり次第にＰＫ仕掛けてたんだよね。でも……」

「こんなところで会えるとは思わなかった。ひと目でわかったぞ『もうひとりの月歩使い』」

口角を釣り上げ、冷酷な笑みを浮かべるイブキとは対照的に、無表情のままハルクが語る。

その言葉で、エドガーは瞬時に理解した。

レッドネームたちが、あろうことか、あの「侍狩り」だということに。

「あんた滅茶苦茶強いんだよな？　ここであたしとヤろうぜ？」

「何のことを言っているのか全くわからない。それに生憎、あんたたちと遊んでいる時間はない」

サディスティックな笑みをにじませるレイチェルに、エドガーが冷ややかに返す。

「しらばっくれるかあ。でもさ、『ばれちゃしょうがねえ』って反応するより、ソッチの方が信憑性あるよね」

イブキがケラケラと笑いながら武器を構える。

「あ、でも本当に月歩使いなら、逃げようなんて考えないかな？」

「ごちゃごちゃうるせえんだよ、イブキ。簡単にイッちまったら偽者。そうじゃなかったら本者……そういうことだろ」

「手合わせ願おう。貴様にその気はなくとも、我らにはあるのでな」

ハルクが、背中に背負った大ぶりの刀を抜く。エドガーの刀よりも一回り以上大きな刀。取り回しが悪く、攻撃速度が低下してしまうものの、一発の火力が高い両手刀だ。

レッドネームたちは、むき出しの敵意を収めるつもりはないらしい。

エドガーがちらりと背後を見やる。彼らに背を向けて逃げれば、切り抜けられなくもないだろう。

だが、エドガーにその気はなかった。

「いいだろう。降りかかる火の粉は払う必要があるからな」

身を低く落とし、刀を鞘へと収めると、身をすべらせる。

エドガーの瞳は、三人のレッドネームと同じ、獲物を狙う肉食獣のそれに変わっていた。

＊＊＊

エドガーから「今から救出に向かう」と連絡があって、どれくらい時間が経過したのか、すずにはよくわからなくなっていた。暗闇でじっと身を潜めるしかない状況が、余計に長く感じさせるのかもしれない、とも思った。

と、そのとき――

地響きのような揺れが辺りの空気を震わせた。

「ティンバーさん、今の」

この時間を利用して、今日現れるはずのボーナスＭｏｂの情報を手に入れようと、ウェブブラウザウィンドウをスワイプしていたすずの手が止まる。

「ああ、あれは、瘴気の溜まり場が爆発した音だな」

「爆発させたのは……プレイヤー？」

「推測するに」

すずは、瘴気の谷に魔術を使うＭｏｂがいることを知っていた。そして、瘴気の溜まり場を誘爆させる【炎系】の魔術を使うＭｏｂがいないことも。つまり、誘爆させたのはプレイヤーだ。

「まさかエドガーくんが？」

「わからない。だが、昨日私たちを襲ったレッドネームの可能性はある。同じように瘴気の溜まり場を使った罠を仕掛けていたからな」

見知らぬ三人のプレイヤーに襲われたのは、瘴気の溜まり場に潜むグールたちを引き寄せようとしたときだった。

アンドウがグールを釣り、すずが攻撃力を低下させる弱体化魔法【デビリアルＩ】を放った上で、待ち伏せるティンバーとメグが挟撃を仕掛ける。作戦はなんら難しくもない平凡なものだった。

だが、アンドウが瘴気の溜まり場に近づいた瞬間、レッドネームが放った【炎系】魔術により、瘴気は巨大な炎の塊へと変貌し、アンドウを襲ったのだ。

『すず：エドガー君、無事？　今どこにいる？』

すずは妙な胸騒ぎを感じ、クランチャットでエドガーの安否を確認するが、返事はない。

集中するから返事はできないと言っていたが、返事ができないのは別の理由なのではないかと勘ぐってしまう。

「返事がない。やっぱり何かあったのかな」

「いや、返事がないのは逆に安心していいと思う」

ティンバーがはっきりとそう返す。

「エドガーから返信がないのは、最悪の状況ではないということだ。もしやられていれば、ホームハウスに強制的に戻される。返答は、すぐにあるはずだろう？」

「ん、確かに」

　ということは、エドガーは戦闘中の可能性が高い。

『メグ：すず、エドがどうかしたの？』

『ティンバー：いや、なんでもない。状況を確認したかっただけだ。気にするな』

　メグからのクランチャットに即座に返答するティンバー。無駄な心配をさせる必要はないという配慮だろう。だが、すずはこの状況にどうするべきか考えあぐねていた。

　このままここでエドガーの到着を待つべきか。それとも、こちらから出向くべきか。

「すずッ！」

　と、結論が出せずにうんうんと唸っていたそのときだ。

　どこか焦りがにじむティンバーの声が、すずの耳に飛び込んできた。

「すず、下がれ！」

　振り向いたすずの目に映ったのは、一匹のＭｏｂだった。

　ボロボロのローブをまとったグールと思しき姿——

　すずは驚きを隠せなかった。このポイントにＭｏｂが現れるはずがないのだ。

　昨日この場所に逃げ込んでから、一度もＭｏｂは現れなかったし、今日ログインしてからも現れることはなかった。

「早く下がれッ！」

咄嗟にすずの前に立ち、ティンバーが身構える。

「で、でも、ティンバーさん、グール一匹なら」

すずには、ティンバーがなぜこれほどまでに焦っているのかわからなかった。

いくら前衛職がいないとはいえ、ティンバーの魔術があれば、グール一匹程度狩れるはず。

「こいつはグールではないッ！　……レヴァナントだ！」

「え、それって……」

すずはその名前に聞き覚えがあった。

つい先程、ボーナスＭｏｂの情報をネットで探していたとき、瘴気の谷で現れるＭｏｂ一覧で見た名前だった。

レヴァナント。深い憎しみを現世に残した霊体。

ラテン語で「再び戻ってくる」という意味を持つレヴァナントは、低確率で瘴気の谷に出現する、ダンジョンの主。それも覇竜ドレイクと同じ、漆黒の血族のボスＭｏｂだった。

「我が住処を侵すかハンターよ」

まるで返事をするように、レヴァナントがぽつりと漏らす。同時にぶわりとその身体が空中に浮き、フードの下から悍ましく崩れ落ちた半壊の顔が姿を現す。人間であった面影が微かに残った表情。その両目に揺れているのは、煌々と滾る憎しみの炎。

そして暗闇に放たれる、空気が破裂したかと思うほどの咆哮。漆黒の血族専用のスキル、【眷属の咆哮】だ。

「は、早く下がれッ……すずッ！」

ティンバーが叫ぶ。だが、すずの足はまるで地面に打ちつけられたかのように、その場から動かなかった。耳をつんざくその咆哮に、短時間の【気絶】状態にさせられたからだ。

ようやく身動きがとれるようになったそのとき。すずの目に映ったのは、レヴァナントの周囲に召喚された、おびただしい数の死霊たちだった――

＊＊＊

頻繁にＰＫ行為を行うレッドネームは、総じて短命であることが多い。

レッドネームへのＰＫ行為はペナルティが科せられないため、普段ＰＫ行為を行わないようなプレイヤーにも襲われることになり、結果、死亡率が跳ね上がるからだ。

状態異常であるレッドネームは、数回死亡することで解除される。つまり、レッドネームで居続けているプレイヤーは、並外れたプレイヤースキルを持っていることを意味する。

しかもエドガーには、この三人のレッドネームがその中でもより高いプレイヤースキルを持っているように見えた。三人の装備がレッドネームにしてはとても豪華だったからだ。

イブキという魔術師が装備している片手杖「マロンドール」、ハルクという侍が装備している両手刀「神威」、そしてレイチェルという戦士が装備している片手剣「クラウ・ソラス」。どれも入手困難なレジェンダリークラスの武器だ。そんなレア武器を装備したままレッドネームでダンジョンをうろつけるのは、尋常でないプレイヤースキルを持っている証拠。

「まずは俺だ」

エドガーの右前方。三人の中で一番近い位置に立つハルクが、エドガーの前に立ちはだかった。

防具は同じ軽装タイプ。防御力よりもステータスアップを目的にした装備。

エドガーの腕と比べ、二回りほど太い丸太のようなハルクの腕が、両手刀を力任せに振り上げる。

食らってしまえば、致死量のダメージを受けてしまうことが容易に想像できる一撃。

だが、ハルクの刀に体重が乗る前にエドガーが動いた。

左足を軸に、くるりと身を翻すと、振り下ろされたハルクの刀の軌道に刀の刃を添える。

がちん、と金属がかち合う音が鳴り響いた瞬間、派手なエフェクトが飛び散る。

「む」

ハルクの斬撃はエドガーの身体ではなく、虚空へと流れていった。

それだけではなく、刀が流れてしまったことで、ハルクがぐらりとバランスを崩した。

その腹部から肩にかけて生まれた隙。

反撃のチャンス。

だが、エドガーは防御行動に移っていた。

もう一度足を軸に身を逸らす。刀が躍り、尖り互の目の刃紋が美しい弧を描く。

その瞬間、背後から忍び寄っていたレイチェルの剣が、先程までエドガーがいた場所を斬り裂いた。

「ハッ！　いい動き！」

エドガーは、レイチェルがこのタイミングを虎視眈々と狙っていたことを察知していた。ハルクの重い一撃を囮にした死角からの鋭い攻撃だ。この攻撃を難なく躱したエドガーが今度こそ反撃態勢に入る。二人の間をするりとすり抜け、【地走り】でターゲットとの距離を一気に縮める。

だが、エドガーの瞳に映っているのは、金髪の少年、イブキ。

エドガーが刀を向けたのはレイチェルではなかった。

狙っていたのは、遠距離で厄介な魔術を放つ魔術師だった。

「……ッ！」

まるで身体が膨張したかのように、イブキの身体が目前に迫る。案の定、まさか二人のアタックを躱されると思っていなかったのか、イブキの行動が一瞬遅れた。

刹那、最速の斬撃、【薄刃陽炎】が放たれる。

イブキは反応できていない。一撃で殺せないにしても、手痛いダメージを与えることができる。

そう確信したエドガー。

だが――

「おおっと」

「……ッ!?」

ステータスを限界値まで高めているアラン並みの速さとまではいかないが、目で追うことが難しいほどのスピードで放たれた【薄刃陽炎】。だが、その斬撃はイブキを捕らえることができなかった。まさに薄皮一枚。上半身を大きく反らし、イブキは刀の切っ先を間一髪、躱していた。

「アハハッ、残念！」

白い歯を覗かせるイブキに、エドガーは顔を顰める。一瞬相手に畏怖を覚えたエドガーだったが、生まれた隙をカバーしようと、瞬時に回避行動に移る。

「あんたやるねえ！　あたしのファーストアタックを避けただけじゃなく、冷静に後衛のイブキを狙うなんて。あんたみたいなヤツは久しぶりだよ！」

嬉々とした声とともに、エドガーの背後に白刃が走る。

襲いかかったのはレイチェル。

戦士の【剣技】ツリーのスキル、大きく身を前進させ切っ先で相手を突く【ファント】――

「さあ、踊りなッ！」

そして続けざま、なぎ払うように剣を水平に振りぬく【サヴェッジブレイド】が襲いかかる。

速さを武器にしたレイチェルの攻撃。だが、エドガーにはその攻撃が見えていた。

身を引いて【ファント】を躱した後に、相手の懐に飛び込み、【サヴェッジブレイド】をやり過ごす。しゃがみこんだエドガーの頭すれすれを、レイチェルの「クラウ・ソラス」が切り裂いた。

「そこだ月歩使いッ！」

エドガーの足が止まった瞬間――それを狙い、力を溜めたハルクの一撃必殺の【袈裟斬り】が襲いかかる。息の合った連携。避けることができない――

瞬時にそう判断したエドガーは、レイチェルのサーコートに手を伸ばした。

「なっ⁉」

スケイルメイルの上に着込んだサーコートを無造作に掴み、手繰り寄せる。

ぐん、と前かがみになってしまったレイチェルの身体が、エドガーとハルクの間に割って入る。

瞬間、耳をつんざく金属音とともに、レイチェルの身体から火花のエフェクトが放たれた。

「てめえッ！　ハルクッ！　何やってんだッ！」

「チィッ！」

睨みつけるレイチェルを一瞥するハルク。

パーティを組んでいれば、同じパーティメンバーからの攻撃でダメージを食らうことはない。

ただし、物理的慣性力は働く。つまり、衝突するのだ。エドガーはそれを利用し、咄嗟にレイチェルの身体を盾にハルクの攻撃をしのいだ。

「詰めが甘いぞ、レッドネーム」

レイチェルの身体とハルクの身体が重なった瞬間、エドガーが【中段構え】の【斬り込み】を至近距離で放つ。強力な【中段構え】のコンビネーション【紅蓮威綱四連撃】の最初の一太刀。

専用の花弁のエフェクトが舞い、ダメージがレイチェルに入る。

そして続けざまに二撃目の【天剣】を放つ。天に突き上げる【紅蓮威綱四連撃】の二太刀目。

だが、その斬撃は空を斬った。

一太刀目の【斬り込み】の衝撃を利用し、レイチェルが大きく背後に飛び退いたのだ。

その行動に、エドガーは敵ながら感心してしまった。

攻撃を食らえば、反撃しようと躍起になるのが人間の常。

しかし、レイチェルは仕切りなおすために、冷静に距離を取ったのだ。

「てめえ……ッ」

「やってくれたな」

レイチェルとハルクが怒りをにじませ、身を震わせる。腹の底から響くようなふたりの声。

その怒りは、エドガーに向けられたものではなかった。

「あの手数で仕留められんとは、レベル一からやり直した方がいいのではないか、レイチェル」

「ごちゃごちゃうるせえぞ、ハルク。あんたからヤってやろうか」

吐き捨てるように言い放ったレイチェルは、剣の切っ先をあろうことかハルクへ向けた。その瞬間、ハルクは条件反射的に刀をつきつけ返す。

一触即発の空気。そしてその空気に反応したのは、もうひとりのレッドネーム、イブキだった。

「ああ、もうさあ、いい加減にしてくれないかな」

イブキは止めるどころか、魔術をぶちかまさんと言いたげに、杖をふたりへと向ける。

「ふたりともさ、僕の詠唱時間を稼ぐくらいのことはしてくれよなあ」

「黙れ、イブキ。そもそも月歩使いのファーストアタックを避けた時点で、魔術を放たなかった貴様がすべての原因だ」

「おいガキ。あたしらはその穴埋めをやってンのに、なに偉そうにほざいてんだ？　ああ？」

イブキが参戦したことで、いがみ合いは収拾に向かうどころか、さらに激しくヒートアップする。

「へえ、そういうこと言う？　別に僕はいいよ？　ここでパーティ解散してヤりあってもさ」

「あ？　何言ってンだてめえ。ハルクと一緒にこの前あたしにボコボコにされたの、もう忘れたのかよ。もっかい身体で教えて欲しいのか？」

「一体いつの話だ、レイチェル。貴様は俺に五連敗中だろう」

エドガーを無視し、感情をぶつけあう三人。予想外の展開に状況が掴めず、ぽかんと眺めていたエドガーだったが、ふと我に返るように、とあることに気がついた。

彼らを無視してこのまま先に行けるんじゃないか、と。

「血の気の多いやつらでよかった」

エドガーは音を立てないように、ゆっくり背後の闇の中に溶け込んでいく。

ダンジョンの奥。この先で待つ、すずとティンバーのもとに向かって――

「……ん？」

だが、エドガーの足がぴたりと止まった。

ダンジョンの奥に、いくつもの青白い光が揺れているのが見えたからだ。

右に左にふらふらと揺らめく炎。そして、その炎に浮かび上がる人影の数々――

と、視界の端に、吹き出しのマークが浮かんでいることにエドガーは気がついた。それは、クランチャットウインドウに新しい会話があることを示す告知だった。

エドガーに嫌な予感が去来する。

表示を消していたクランチャットウインドウをおそるおそる表示させた。

映し出されたのは、この奥にいるはずの、すずが放った言葉だった。

『すず：ぼすでた、いく、にげて』

意味不明なその言葉に、何事かとオークのねぐらにいるメグたちが騒ぎ立てていたが、それ以上すずからの返事はない。

ぞくりと悪寒が背筋を這う。

すずが放った言葉の意味。

ぼすでた、いく、にげて。

ボス出た、行く、逃げて――

「エドガーくんッッ！」

次の瞬間、ダンジョンに聞き覚えのある女性の声が響き渡った。すずの声だ。

聞き慣れたはずの声は、これまで聞いたことがないほど恐怖に震えていた。

「にっ、逃げてぇぇっ！」

「下がれっ！　エドガー！」

薄暗い闇の中から、鬼の形相で走ってくるティンバーとすずが現れた。

そしてふたりの背後に迫る、青白い光――

「マジかよ」

エドガーの背後。エドガーの心境を代弁するようにぽつりと漏らしたのは、ハルクの襟を掴んだまま固まっているレイチェルだ。

「うわ、これは酷い」

ハルクに髪の毛を掴まれた状態で、うんざりしたようにイブキが吐(は)き捨てた。

闇の中で輝く炎。それは、魔術の詠唱中に輝く、魔力の塊(かたまり)だ。

ティンバーとすずが、ダンジョンの奥から引き連れてきたのは、Ｍｏｂ。

それも、おびただしい数の死霊系Ｍｏｂ——レイスの集団だった。

＊＊＊

けたたましい咆哮(ほうこう)のあと、「下がれ」とティンバーに言われたすずだったが、両足が地面に打ち込まれた杭のようにぴくりとも動かず、その場から一歩も動けなかった。

突如としてすずたちの前に現れた、出現率一パーセントとも言われる激レアＭｏｂ、漆黒の血族(ダークエレメント)レヴァナント。

レヴァナントは、設定では生前「魔術の始祖」と呼ばれ、魔術師(ウィザード)から召喚士(サマナー)に至るまで、多種多様な魔術を操る伝説の魔術師(ウィザード)だった。

「何をしている！　下がれ！」

すずが身動きをとれないでいる間にも、レヴァナントは周囲に配下のＭｏｂを次々と召喚していく。レヴァナントが発動させた魔術は、召喚士(サマナー)の【死霊術】ツリーで呼び出すことができる【死の従者】。それによって呼び出されたのは、グールの集団だった。

「……いや、大丈夫！」

すずはぐっと唇(くちびる)を噛み締め、凛(りん)とした表情で言い放つ。そして両手で杖を構えると、すかさず防御力強化魔術(バフ)【スクタムⅡ】と、魔術ダメージを増加させる強化魔術(バフ)【マジカⅠ】を詠唱した。

「召喚されたグールのレベルは高くない。逃げるならグールを処理した後で！」

現れたレヴァナントに一瞬面食らってしまったすずだったが、恐怖に呑(の)み込まれることなく、冷静に状況を分析していた。レヴァナントのレベルは高いが、召喚されたグールのレベルは、このダンジョンのグールより低い一〇程度だ。このまま下がって、もし高レベルのグールに遭遇してしまったら、挟まれた状態で戦わなくてはならなくなる。

「確かにレベル一〇程度のグールであれば行けるが、レヴァナントまで倒そうなどとは言わないだろうな」

「グールを倒すことができれば十分。レヴァナント一匹の方が逃げきれる確率が高くなるから！」

それに、グールを倒してしまえば、レヴァナントは再び召喚魔術を発動させるはず。

逃げるなら、動くことができなくなる詠唱中だ。

「わかった。すずはレヴァナントの動きを追ってくれ。私はグールどもを処理する」

「まかせて！」

すずが返事をしたと同時に、ティンバーが詠唱に入った。

【炎系】ツリーの初期魔術【フレイムボール】。

短時間で詠唱は完了し、ティンバーが持つ片手杖の先端から、ハンドボールほどの火球が放たれた。空気を切り裂き、赤い炎の尾を引き連れながら【フレイムボール】が向かったのは、こちらに向かってくるグールの先頭。

着弾、爆破。

すずの【マジカⅠ】で威力が増した【フレイムボール】が破裂し、グールの体力が大きく削れた。

「ティンバーさん！　左！」

すずの声が響く。

【フレイムボール】で正面のグールにダメージを与えたものの、足を止めたのは一体だけだ。すずの声に引き寄せられるように、ティンバーが視線を左に移す。

左翼から向かってきている五体ほどのグール。

ティンバーの杖がふわりと手元から離れ、空中へと浮き上がった。

前方に向けられたティンバーの両手。その手のひらが赤く燃え上がり、次第に【フレイムボール】よりもさらに巨大な火球を生成していく。

「エクスプロージョンッ！」

コンビネーションによって詠唱時間が短縮された魔術、【エクスプロージョン】。

名前のとおり、炎の拡散により激しい爆発を起こす魔術だ。ティンバーの両手を離れた巨大な火球が、迫るグールたちの足元に触れる。

刹那。

檻から放たれた猛獣が暴れまわるように、炎の波と衝撃が辺りの空気を揺らし、先程の【フレイムボール】とは比べ物にならないくらいの爆発がグールの集団に襲いかかる。

瞬間的に赤く照らされるダンジョンの壁面。

魔鉱石の原石に反射された【エクスプロージョン】の光が、キラキラと舞い散る。

「うわっ！」

膨れ上がった熱風はティンバーの身体を通り越し、背後で身構えるすずの頬を撫でていった。直撃を受けたグールは吹き飛び、直撃を免れたグールも激しく燃え上がり、持続ダメージを受けている。まさに一撃必殺。

【マジカＩ】によってダメージが加算されていたとはいえ、ティンバーが放った【フレイムボール】と【エクスプロージョン】のコンビネーションは、一瞬でグールたちを仕留めた。

「……ッ！　やった！」

持続ダメージを受け、一体、また一体と地面に崩れおちていくグールたちを見ながら、すずが思わず飛び跳ねる。作戦どおり。あとは、レヴァナントに追いつかれないようにエドガーのもとに。すずがそう考えた矢先だった。

「すず」

ごうごうと燃え上がる炎の音に乗り、ティンバーの声が耳に届いた。

【エクスプロージョン】でグールたちを倒したにもかかわらず、前方を見据えたままのティンバーが放つ空気は鋭く尖ったままだった。

「エドガーに連絡しろ。『逃げろ』と」

ティンバーがぽつりとこぼす。

その言葉の意味が理解できないすずは、小さく首を傾げるしかなかった。

「ど、どういう意味？」

「これは、藪をつついたら蛇ではなく虎が出てきた、と言うべきか」

じり、と後ずさるティンバー。彼女がじっと見つめる先。暗闇の中に青白い光が浮かんでいることに、すずは気がついた。

燃え上がるグールの身体。

その炎に照らされ、ゆっくりと姿を現したのは……おびただしい数のＭｏｂだった。

「な、何あれ⁉」

「逃げろ、すず！　今度こそ走れッ！」

地面を蹴り、すずのローブを掴んだティンバーが走り出す。

闇の中から現れた、レヴァナントと彼が従える新しい死の従者たち。

グールが倒される前に召喚したと思しき、高レベルの凶悪Ｍｏｂ「レイス」だった。

＊＊＊

レイスは、瘴気の谷で出現する死霊系の特徴が凝縮されたＭｏｂだ。

【雷系】の初期魔術【ボルテージュ】や【氷系】初期魔術の【アイスランサー】はもちろん、クロ

シエがムラウ鍾乳洞で使った【サンダーゲージ】など、中、高レベル魔術まで使いこなす。

もちろん、グールのような超回復力も兼ね備えており、瘴気の谷で出現するＭｏｂの中でも桁違いの強さを持つレイスは、探索するパーティにとって恐怖の存在だった。

そんなレイスが、雪崩のように襲いかかってきたのだ。

その恐怖たるや、百戦錬磨のエドガーや、レッドネームであっても戦慄を覚えるほどだった。

「な、何さあの数。キモいっつの」

「ＭＰＫの類かもしれんぞ」

呆れた表情でそうこぼしたのは、レイチェルとハルクだ。

ＭＰＫとは「モンスタープレイヤーキラー」の略で、Ｍｏｂを利用したＰＫ行為のことを指す。自律的にプレイヤーを襲うアクティブな高レベルＭｏｂを、大量にプレイヤーのもとまで誘導させ、襲わせるという間接的なＰＫ行為だ。

「ティンバー！　すずさん！　ターゲットは俺が受けるッ！」

エドガーには、なぜすずたちが大量のレイスたちに追われているのかわからない。

だが、彼女たちがピンチであることだけはわかった。

「ふたりともしゃがめッ！」

前方に踏み出し、スキルを発動。大きく刀を振りかぶり、なぎ払う【円月斬り】だ。

「すずッ!!」

反応できていないすずを、ティンバーが背後から押し倒した。

その瞬間、エドガーの刀から放たれた斬撃が、レイスたちの群れに飛び込んでいく。

火花のようなエフェクトが跳ね上がり、ダメージを表す数値が舞い散る。

レイスの群れがどよめき、まるでひとつの生物のように、うごめく。

「ボルテージュ」

波紋のように広がるレイスの禍々しい声。

まるで集団がひとつの意思で動いているように、レイスたちは一斉にエドガーに向け【雷系】の初期魔術【ボルテージュ】を放った。【ボルテージュ】のひとつひとつは、小さな雷だ。だが、数は暴力となり、か細い針は巨大な刃へと変貌する。

「くっ！」

頭上から雷槌が次々とエドガーに襲いかかる。背後に飛び退き、右へと転がり、左へと跳躍する。神がかった反応で【ボルテージュ】の連続攻撃を躱すエドガーだったが、無傷でしのぐことは難しかった。

「エドガーくん！　回復魔術を発動させます！」

少しずつ体力が削られているエドガーを見て、すずが回復魔術の詠唱に入る。

「やめろ！　ヘイトが上がってまた狙われる！　起き上がって走れ！」

「でも！」

「いいから！　走れッ！」

レイスをすずたちから引き離すように後退しながら、エドガーが叫ぶ。

エドガーに取れる作戦はそれしかなかった。

レイスを引きつけているうちにこの場から離脱すれば、すずとティンバーは生還できる。やられるとすれば、自分ひとりだ。

「エドガー！　お前ッ！」

「俺のことは気にするな、ティンバー！　行けッ！」

だが、エドガーにはおとなしくやられるつもりなどなかった。これまでそうしてきたように、ひとりでならなんとでもできる。エドガーにはその自信があった。

立ち上がるティンバーたちを横目に、もう一度ヘイトを稼ぐためにエドガーが【円月斬り】のモーションに入った。だが、そのときだ。

「……ぐッ!?」

脇腹から背中にかけて走る激痛。自身の体力ゲージがぐんと減ったのが見えた。

「エドガーくんッ！」

「エドガーッ！」

一体何が起きたのか、エドガーにはわからなかった。

背後から放たれる嬉々とした声を聞くまでは。

「どうだ、あたしの剣は？　気持ちいいだろ？」

片膝をついたエドガーの目に映る、剣を構えたレイチェルの姿。

「俺たちは戦闘を終わらせたつもりはないぞ」

刀を構え、じりじりと距離を詰めるハルク。

「安心していいよ。あのレイスたちは君を殺したあと、僕たちがちゃんと処理してあげるからさ。君の知り合いも含めてね」

レイチェルとハルクの背後。甲高い笑い声を伴わせたイブキが、魔術の詠唱に入ったのが見えた。それに呼応するように、レイスたちも再び【ボルテージュ】の詠唱に入る。

前方のレイス、後方のレッドネーム。

最悪の挟み撃ち。

殺されるのはレイスにか、レッドネームにか――

その状況にぞわぞわとエドガーの身体を駆け上ったのは、絶望……ではなく、抑えようのない怒りだった。

「……いい加減にしろよ、てめえら」

エドガーが立ち上がる。これまで誰も見たことのない、凄まじい怒気を携えて。

「もう、許さねえからな」

エドガーの声が空気を震わす。そして訪れる寸瞬の間。

「な」

レイチェルの口から漏れたのは、声にならない驚嘆の吐息。

レイチェルは目を離してはいなかった。だが、瞬きをした数瞬の間に、片膝をついていたエドガーの姿がこつぜんと消えたのだ。

「なっ……何だ⁉」

そして薄暗い闇を切り裂く、一筋の光。青白い光が駆け抜ける。まるで夜空に浮かぶ月が歩きはじめたような光景。

「月歩か！」

ハルクが嬉々とした表情で叫ぶ。

「来いッ！　月歩使いッ！　俺が相手だッ！」

息継ぎをするように、エドガーが数瞬だけ姿を現すと、再び光の中へと消えていく。

その光が向かったのは、レイチェルの脇を通り抜けた先、身構えるハルクのもとだ。

ハルクが両手刀「神威」を鞘に収める。

空気が爆ぜる音が響く。

わずかな兆し。

エドガーが姿を現すタイミングを見計らい、ハルクは最速の斬撃【薄刃陽炎】を放った。

その巨大な身体からは想像できない、繊細かつ鋭い斬撃が飛んだ。

「……ッ」

だが、ハルクの腕にエドガーの身体を捕らえた手応えはなかった。

衝撃を感じたのは、腕ではなく背後――

エドガーの【燕返し】が発動し、ハルクは手痛いカウンターダメージをその身に刻んだ。

「き、貴様……ッ！」

すかさずハルクが斬り返す。遠心力を使い、力任せに刀を右から左へと振りぬく。だが、既にエドガーは次の行動に移っていた。

ハルクの身体にまとわりつくように走る光の帯。

ハルクが右に向けば、左から。後ろを向けば、前から。

己の腕を信じるレッドネームを嘲笑うように、エドガーの刀がハルクの体力を削り取っていく。

「こ、このッ！　調子に乗るんじゃないよッ！」

エドガーが姿を現す瞬間を狙い、レイチェルの【ファント】が襲いかかる。

熟練されたレイチェルの剣に、エドガーの攻撃タイミングがわずかに崩れた。

「勝機……ッ！」

エドガーに生まれた数瞬の隙。ハルクの動きが蘇る。

刀の柄を握りなおし、光帯に刃を突き立てる。

「そうやって光の中に隠れていろ月歩使い！　スタミナが切れたときが貴様の最期だ！」

月歩はいくつかのスキルを経由して出されていることを、ハルクは知っていた。

つまり、スタミナがなくなれば、月歩は使えなくなる。

そのときをたぐり寄せるべく、レイチェルとハルクは【燕返し】によるダメージを恐れず、次々と斬撃を放つ。レイチェルとハルクの体力がなくなるのが先か、エドガーのスタミナが切れるのが先か。そして――

「……はッ！　終わりだ、月歩使い！」

ハルクが笑う。エドガーが月歩の発動に失敗したからだ。

それはつまり、スタミナが切れたことを意味する。

「イブキッ！」

「うるさい！　わかってるっつのッ！　インフェルノォッ！」

ハルクの背後。詠唱が完了したイブキが【炎系】の上級魔術【インフェルノ】を発動させる。

ハルクとレイチェルの周囲の温度が瞬時に上昇し、彼らを巻き込みながら、いくつもの炎の柱がうねりつつ天に舞い上がっていった。

破裂する凄まじい熱と爆風。

マグマのように飛び散った炎の塊が、周囲のありとあらゆるものを消し炭へと変えていく。

「エドガーくんッ！」

未だに一歩も動けていなかったすずの悲痛な叫びが響き渡る。

その声が放たれたと同時に、レイスたちの【ボルテージュ】が炎の中に次々と落とされていった。

【インフェルノ】によって発生した黒煙を切り裂く青白い雷槌。

イブキの【インフェルノ】とレイスの【ボルテージュ】の連続攻撃。

即死は免れない凶悪な連携だ。

「アハハ、意外とあっけなかったね、月歩使い！」

もうもうと立ち上る黒煙を見つめながら、身を反らして笑うイブキの声が、すずの耳に届く。

その姿を見て怒りをにじませるすず。だが、彼女の肩にか細い手が添えられた。

ともにエドガーの立ち回りを傍観していたティンバーの手だった。

「落ち着け、すず」

「でもティンバーさん」

「既に終わっている。私たちにできることは何もない」

じっと正面を見たまま冷ややかに答えるティンバー。

「な、何を言ってるの、ティンバーさん！　エドガーくんがやられたんなら、私たちで――」

「違う。そうではない。よく見ろ、すず」

ティンバーが指差したのは、立ち上る黒煙と、勝ち誇ったように笑うイブキ。

だが、その光景にすずは違和感を覚えた。

彼の前方、【インフェルノ】が放たれた場所に、ふたつの人影が横たわっていたからだ。

「ああ、意外とあっけなかったな」

「……ッ!?」

突如、背後から放たれた言葉に、イブキの笑みは一瞬で凍りついた。

イブキの背後に立っていたのは、レイチェルでもハルクでもなく、怒りに満ちた瞳で睨みつける
エドガーだった。

「げっ！」

「動くなよ」

エドガーが、逃げようとしたイブキの首元に刀を突きつける。

状況が掴めないイブキは慌ててふためきながらも、先程自分が放った【インフェルノ】の爆破地点に視線を送った。

焼け焦げたオブジェクトが、次第に元の形へと戻りつつある。

その中心。イブキの目に映ったのは、散らばるオブジェクト化されたアイテム。そして、キラキラと光の粒に変わっていく、レイチェルとハルクの姿。

「ままま、まさか、あの状況でふたりを……どうやって⁉　それに君のスタミナは」

確かにあのとき、エドガーは月歩の発動ができなかった。スタミナは切れているはずだった。

「ドラゴンズクロンヌには、スタミナを回復させる元気薬という便利なアイテムがある。知らないのか？」

「え」

エドガーの言葉に、イブキは驚嘆してしまった。

「嘘だろ……ハルクとレイチェルの攻撃を躱しながら、君は元気薬を使ったっていうのか⁉」

アイテムを使用するには、ゲームシステムに則った手順を踏む必要がある。アイテムインベントリ画面を開いて、アイテムを選択。そしてオブジェクト化した上で使用するのだ。

エドガーは、ハルクとレイチェルの攻撃を月歩で躱しながら、その手順を踏んでいた。

攻撃を食らってしまえば死んでしまう状況で、冷静に──

「き、君は、化物か⁉」

「そんなことよりもあんた、俺の仲間を殺すって言ってたよな？」

現実世界の表情を正確にシミュレートしているのか、イブキの表情から血の気が引いていった。

「……ひッ⁉　い、言ってない！　言ってないよ、そんなこと！　全部ハルクとレイチェルがやってたことだ！」

「なあ、ひとつあんたに頼みたいことがあるんだ」

「な、何⁉　なんでもしますから！」

「あのレイスの集団にフレイムボールを放て」

ダンジョンの奥。再びエドガーに魔術を放とうと詠唱に入ったレイスの集団を見て、エドガーが冷ややかに言う。

「……え？」

「時間がないんだ。何度も言わせるな。今すぐあのレイスの集団にフレイムボールを放て」

「で、でもそんなことしたら」

イブキはあのレイスの集団に襲われるだろう。

一匹でも手を焼く、数えきれないほどのレイスたちに。

「選ぶのはあんただ。このまま俺に殺されてお仲間と同じようにアイテムぶち撒けるか」

「そ、それは嫌だ！　でもレイスにやられるのも嫌だ！」

「レイス相手だったら、死ぬ気で走れば逃げきれるかもな」

ほぼゼロに近い確率だが、と胸中で放った。

エドガーが刀を持つ腕に力を込めると同時に、首筋にあてられた刀の切っ先がじりじりとイブキの体力を奪っていく。もはやイブキが選ぶことができる道は、ひとつしかなかった。

「フ、フレイムボールううう！」

イブキの杖から小さな炎の弾が放たれた。

その炎はレイスの集団に吸い込まれていき、そして――

「……うひぃいいいッ！」

レイスたちの蠢く暗闇がぱっと赤く染まった瞬間、イブキが一目散に逃げ出した。

そして、まるで長年にわたり憎悪の念を抱いていた相手を見つけたかのごとく、おびただしい数のレイスが一斉にイブキを追いかけ、エドガーの目の前を駆け抜けていく。

ダンジョンの中に響き渡る、レイスが放ったと思しき魔術の衝撃音とイブキの悲鳴。

エドガーはようやく溜飲が下がった気がした。

終わりよければ全てよし。すずとティンバーを追ってきたレイスも、邪魔なレッドネームも排除できた。これでようやく瘴気の谷から脱出できる、とエドガーがティンバーとすずの安否を確認しようとしたときだ。

すずたちが深い闇を見据えたまま立ちすくんでいるのは、恐怖で腰が抜けたからではなさそうだった。

「……どうした？」

「エドガーくん、まだ……終わってない」

「え？」

エドガーは、まだレイスが残っているのか、と思った。

しかし、辺りを見渡したが、レイスらしき姿はない。あるのは、死んだハルクとレイチェルが残した装備品だけだ。

「ティンバー、どういうことだ。終わってないって一体――」

と、そのときだった。すずたちが見つめる漆黒(しっこく)の闇の中。空中に浮かぶ青白い光が見えた。

「あれは、まさか」

闇の中から染み出すように、それが姿を現した。

ボロボロのローブを着た、魔術師(ウィザード)らしき風貌のＭｏｂ。死してなお、王の威厳を持った、恐ろしき漆黒の血族(ダークエレメント)。それは、憎(にく)しみの炎を携(たずさ)えたレイスたちの主、レヴァナントだった。

「くそっ、すずさんが言ってた『現れたボス』ってのは、レヴァナントのことだったのか」

深い暗闇の中から完全に姿を現したレヴァナントを見て、エドガーはようやく事態を把握することができた。だが、判明した状況から導き出されるのは、軽い絶望だ。

レヴァナントはレイスやレッドネームよりも厄介なＭｏｂであることをエドガーは知っていた。

「エドガーくん！　近くに！　回復魔術をかけます！」

回復役(ヒーラー)であるすずが、即座に行動した。彼女の持つ杖が緑色に発光をはじめる。体力を回復させる魔術【キュアⅡ】の詠唱モーションだ。

「とりあえず俺をパーティに入れてくれ！　すずさん、回復魔術は俺が攻撃したタイミングで！」

「はいっ！」

襲われたのはすずたちだ。ということは、レヴァナントの所有権は彼女らにある。

レヴァナントに攻撃をするには、すずのパーティに入る必要がある。

数秒後、視界の端に表示されている自分の体力の下に、すずとティンバー体力ゲージが現れた。

彼女たちのパーティに入ったことを示す証拠だ。

「待て、エドガー！」

ティンバーがエドガーに、四角い箱のようなオブジェクト化されたアイテムを投げ渡した。

「これは？」

「戦利品だ。活用させてもらえ」

ティンバーが渡したアイテムは、先程ハルクが落とした武器。

レジェンダリークラスの両手刀【神威】だった。

エドガーは迷うことなくアイテムインベントリ内に【神威】を格納した。

「ティンバー！　ヘイトが溜まらないように細かい魔術でダメージを取れッ！」

「了解だ！」

エドガーはアイテムインベントリを開くと、追加された【神威】を装備する。

腰に差していた片手刀がしゅわりと姿を消し、背中に巨大な両手刀が姿を現す。

黒い鞘に、平巻きで巻かれた柄に獅子をあしらった赤い目貫きが特徴的な大ぶりの太刀だ。

白く輝く水平に伸びた広直刃の刃紋が神々しく感じるその両手刀を構え、エドガーが刀を【下段】に構える。

空気を斬り裂き、刀から放たれる斬撃。

侍が取得できるスキルの中で、唯一遠距離攻撃が可能なスキル、【水雲落とし】だ。

「すずさん、今だッ！」

「キュアⅡ、行きます！」

その斬撃がレヴェナントの身体に命中した瞬間、すずの【キュアⅡ】が発動する。エドガーの身体が輝き、半分近く削られていた体力がみるみるうちに回復していった。

「フレイムボールッ!!」

続けざまにティンバーが魔術を放った。エドガーが伝えたとおり、ヘイトを溜めないように威力が低い初級魔術を小刻みに。

「すずさん！　強化魔術を！」

「はい、すぐにッ！」

レヴァナントが反撃に転じたのが見えた。周囲に氷の結晶をまといはじめ、詠唱に入る。

【氷系】の魔術。その詠唱をキャンセルさせるべく、エドガーは【地走り】でさらにレヴァナントとの距離を詰める。

「グラディオッ！」

エドガーの身体が茜色に光る。物理攻撃力を増加させる強化魔術【グラディオⅠ】だ。身体の奥底からこみ上げてくる力を感じたエドガーは、地面を蹴る。

破裂する空気。

【地走り】をキャンセルし、【燕返し】を発動。

月歩で空中に舞い上がり、レヴァナントの背後に回ったエドガーは、今覚えているスキルで最も威力が高い【斬り込み】からの【天剣】のコンビネーションを放った。

【紅蓮威綱四連撃】の二段目までのコンビネーション。花弁が舞い散り、レヴァナントの悲鳴が地鳴りのように響く。

空中でぐらりと体勢を崩すレヴァナントを横目に、エドガーは着地の体勢を取る。

しかし、エドガーは妙な光景を目にした。

レヴァナントが、先程まではなかった青白い光を身にまとっていたのだ。

そして、レヴァナントの体力が微動だにしていないことに気がついた瞬間――

「……ブリザードヘヴン」

レヴァナントの両目が赤く輝き、周囲を浮遊していた氷の結晶たちがぐるぐると回転を始めた。

刹那、両手を大きく広げたレヴァナントの背後から、突風が巻き起こった。

炎でさえ凍りつきそうなほどに冷たく、カミソリのように鋭い凍てつく突風。

【氷系】の上級魔術【ブリザードヘヴン】――

「くっ！」

「きゃあっ！」

レヴァナントが放った凶暴な冷気は、エドガーを呑み込み、さらにはすずやティンバーを巻き込んで暴れていく。空気中の水分が結晶化し、発光する魔鉱石の光でキラキラと輝く。

エドガーは急いで視界の端に表示されているすずとティンバーの体力を確認した。

直撃したわけではないのに、自分も含め、【ブリザードヘヴン】でかなりの体力を削られている。もう一回食らってしまえば、ホームハウス送りになる可能性が高いほどのダメージだ。

「エドガー！　避けろ！」

ティンバーの声で我に返ったエドガーの目に映ったのは、空中で指先をこちらに向けているレヴァナントの姿だった。その指先から鋭く尖った氷の矛が放たれる。

「チッ！」

無意識にエドガーは左に身を反らす。

瞬間、右頬に氷を押しつけられたような痛みが走った。

じり、とエドガーの体力が削られる。

頬をかすめたのは、【氷系】の初級魔術、小さな氷の矢を放つ【アイスランサー】だ。

以前、アランがムラウ鍾乳洞で戦ったアンフィスバエナのように、魔力が高いＭｏｂが放つ魔術は、初級魔術であっても無視できないダメージを受けてしまう。アンフィスバエナに勝るとも劣らないほどの魔力を持っているレヴァナントの【アイスランサー】は、もはや初級魔術ではない。

「すず、エドガーに回復魔術の準備を！　私は詠唱に入るッ！」

「はいッ！」

エドガーと距離を置き、ティンバーが魔術の詠唱に入った。

だが、その間にもレヴァナントの【アイスランサー】が次々とエドガーを襲う。右に避け、【水雲落とし】を放ち、後転で【アイスランサー】を躱す。

【水雲落とし】で攻撃してヘイトを溜めているせいか、レヴァナントのターゲットは変わらずエドガーのままだ。

そして、長い詠唱を完了させ、ティンバーが魔術を放つ。

「エクスプロージョンッ！」

ティンバーの周囲を浮遊していた火の玉が両手に集まり、巨大な火球へと変貌する。

その魔術の発動に気がついたレヴァナントが回避行動に移ったが——遅かった。

ぎゅう、と空気が圧縮され、一気に破裂。衝撃波とともに炎が拡散し、巨大な爆発に変わる。

「やった……か？」

【地走り】ですずたちのもとに戻ったエドガーが、空中を見据えながらひとりごちる。

エドガーの【水雲落とし】とティンバーの【エクスプロージョン】。

仕留めることができなかったとしても、ダメージは与えられているはず。

「エドガーくん、あれ」

ぽつりと放たれたのは、絶望に打ちひしがれたようなすずの声だった。

すずが指差す先、【エクスプロージョン】が爆発したその場所。

黒煙の中に、青い目が輝いた。

「……くそったれ」

黒煙を払いのけ、姿を現す無傷のレヴァナント。

またしてもまとっている青白い光。

エドガーはこれまでの経験から、すぐにそのからくりに気がついた。

自分やティンバーの攻撃でダメージが与えられなかった理由。

あの光が攻撃を無効化しているのだ。

「あの手数でノーダメージとは、レベルが違いすぎるのか？」

「いや、そういうことじゃない。あの光が攻撃を無効化しているんだ」

こちらの姿を見失ったのか、あるいは、スタミナを回復させているのか。その場にふわふわと浮遊したまま動かないレヴァナントを、恨めしそうに睨みつつエドガーが言う。

「『漆黒の血族』の特殊スキルか？」

「多分な。ダメージを通すには、弱点を突く必要があるのかもしれない」

レヴァナントだけではなく、ボスクラスのＭｏｂには、特定の攻撃しか効かない場合がある。つまり、倒すにはその弱点を突くしかないのだ。

だが、レヴァナントの弱点に関して、エドガーは情報を持ち合わせていなかった。

さすがのエドガーでも、超レアＭｏｂのレヴァナントと戦った経験がなかったからだ。

レヴァナントはその出現率の低さから、対処方法がデータとして残っていない。Ｗｉｋｉにも名前と姿、行使する魔術の種類については掲載されているが、それ以外の情報が全くないのだ。

「瘴気の谷に出現するＭｏｂの弱点は大抵が『炎』だが」

「それはついさっき君が試しただろう。エクスプロージョンでも無傷だった。弱点は炎じゃない」

「だとすると何だ。レイスたちが戻ってくるまで時間はそうないぞ」

ティンバーの表情に焦りの色が浮かぶ。

対峙するＭｏｂの弱点がわからない場合、ひとつひとつ試していくのが正攻法だ。だが、イブキを追ったレイスたちがいつ戻ってくるかわからないため、その時間はない。

「……あ」

重苦しい空気の中、ぽん、と跳ねたのは、すずの声だ。

「どうした、すずさん？」

「もしかして、だけど」

そう言ってすずは、魔術の詠唱に入った。

短めの詠唱時間の後に放たれた、聖職者の強化魔術。

「これは……？」

「昨日覚えた魔術でスタミナディケイドって魔術」

【スタミナディケイド】は聖職者の強化魔術のひとつで、武器に「相手のスタミナに追加ダメージ」の効果を付与する魔術だった。

「エドガーくんを待っている間にネットで調べたんだけど、レヴァナントは魔術師や召喚士だけじゃなくて、聖職者の魔術も使ってくるらしいの。『不死を求めて瘴気の谷に潜った魔術の始祖』って設定だから」

「だから、レヴァナントは強化魔術で物理防御力や魔法防御力を上げている？」

そう続けたティンバーに、すずは小さく頷（うなず）いてみせた。

すずが発動させたような強化魔術（バフ）が、レヴァナントにも使える。

ということは、攻撃を無効化させているあの青白い光は、強化魔術（バフ）――

「なるほど」

たとえ、ボスクラスのＭｏｂだったとしても、魔術を発動させるにはプレイヤーと同じようにスタミナが必要になる。つまり、あの強化魔術（バフ）もスタミナがなければ使えない。

そして、強化魔術（バフ）には「効果継続時間」というものがある。

「スタミナを減らして強化魔術（バフ）を使えなくした上で、効果が切れるのを待つということか。すずが言う方法、試してみる価値はあるな？」

どうだ、と言いたげに同意を求めてきたティンバーに、エドガーは首を縦に振る。

経験豊富なティンバーやエドガーでさえも気がつかなかったそれは、強化魔術（バフ）に精通しているすずだからこそのものだろう。

「よく気がついたな、すず」

そして、ティンバーはすずに称賛の言葉を贈る。

すずはにっこりと微笑（ほほえ）み、柔（やわ）らかい口調で答えた。

「付き合いが長いからって、ティンバーさんばかりいい格好（かっこう）させないから。私だってエドガーくんの前でいい格好（かっこう）したいんです」

「……は？」

よく聞き取れなかったエドガーが思わず聞き返す。

だが、すずは何事もなかったかのように、再び攻撃力強化魔術(バフ)【グラディオI】の詠唱に入った。

きょとんとした表情のティンバーがこちらを見ている。

「だ、そうだ」とつぶやく彼女に、エドガーは「知らん」と答えてやった。

＊＊＊

すずの予想は見事に的中した。

【スタミナディケイド】によってスタミナが枯渇(こかつ)したレヴァナントに、四桁(けた)を超えるダメージが次々と通るようになったのだ。

エドガーの攻撃を撥(は)ね返し、ティンバーの魔術をものともしなかったレヴァナントの鉄壁の防御は、強化魔術(バフ)によるものだった。

「すずさん！　詠唱を！」

「はいッ！」

エドガーの掛け声で、すずが再び【スタミナディケイド】の詠唱に入る。

スタミナへのダメージが攻略の糸口だったとはいえ、【スタミナディケイド】の効果が切れてしまえば、またたく間にレヴァナントのスタミナは自然回復するだろう。

そうなると、鉄壁の防御が息を吹き返してしまう。一秒たりとも【スタミナディケイド】を切らすわけにはいかない。

「手を休めるなエドガー！　奴の体力はあとわずかだ！　レイスたちが戻る前に仕留めるぞ！」

「わかってる！」

再び月歩を使い、レヴァナントへ肉薄するエドガー。

スタミナへの攻撃は、エドガーたちにもう一つの幸運を呼び込んでいた。

レヴァナントの凶悪な魔術による攻撃が息を潜めたのだ。

魔術を攻撃の主力とするレヴァナントは、短い詠唱時間で魔術を繰り出してくるが、もちろん詠唱にはスタミナが必要になる。スタミナが減り、凶悪な攻撃魔術が行使できなくなったのだ。

「スタミナディケイド！」

すずの詠唱により、エドガーの身体が再び黄金色に輝く。

「インフェルノッ‼」

続けて放たれるティンバーの魔術。うねる巨大な炎柱が、レヴァナントの足元から噴き上がる。

そして、エドガーの両手刀「神威（かむい）」が頭上から襲いかかった。

舞い散るエフェクト。

破裂する爆音。

四桁（けた）を超えるダメージが連続でレヴァナントの体力を削（けず）っていく。

「オ……オオオオ……」

雄叫（おたけ）びのような悲鳴を携（たずさ）え、まるで吊り糸が切れた人形のように、黒煙を上げながらレヴァナントが地上に落下を始めた。エドガーとティンバーの連続攻撃で怯んだのか、と思ったすずだったが、それが間違いであることにすぐ気がついた。

レヴァナントが落下しつつ、次第に光の粒へと変わりはじめたのだ。

「……ッ!? やったッ!?」

しゅわり、と闇の中に霧散するレヴァナント。

その瞬間、今まで狩ってきたＭｏｂとは比べものにならないほどの経験値とＤＰを取得したことを告げるウインドウが視界に浮かんだ。

「す、すごい経験値とＤＰだよ、エドガーくん！ ティンバーさん！」

すずが興奮気味に漏らす。

手に入ったのはひとり一五〇〇ＤＰ。三人で合計四五〇〇ＤＰだ。この一戦で、昨日の七人の合計ＤＰを上回った計算になる。

「これでかなり予選のランキングが上がったんじゃないかな!?」

嬉しそうにメニュー画面を開くすずだったが、すぐさまエドガーが彼女を制止した。

「すずさん、悪いがその話は後でしよう」

「その方がいいかもしれないな。見ろ、すず」

「……え？」

ティンバーとエドガーが見つめる先。

彼らが睨みつける闇の向こうに、ぽわり、と青白い炎が揺れているのが、すずにもわかった。

あれは魔術詠唱の光。その光は次々と増えていく。

「あれってまさか」

「レイスだな」

イブキをホームハウス送りにしたのか取り逃がしたのかはわからないが、イブキを追いかけていったレイスたちが戻ってきたのだ。

「だが、レヴァナントは倒した。召喚されたレイスたちはしばらく待てば消えるだろう」

「ということは、奥へひとまず逃げるのか？」

そう訊ねるティンバーに、エドガーは小さく頷く。

一旦奥へ逃げ、すずたちが身を隠していた場所でレイスが消えるのを待つ。それから瘴気の谷を脱出すればいい。そう考えたエドガーが奥へと行こうとしたそのとき——

「あの」

ぽつり、とすずの声が広がった。何かを言いたそうにローブの紐をいじっているすず。

「……すずさん、どうした？」

「特に深い意味はないんだけど、エドガーくんを待っている間、調べてたんだ」

「調べてた？　何を？」

「え～っと……」

訊ねるエドガーの視線から逃れるように、すずはティンバーの顔を見やる。

「今日現れるはずのボーナスＭｏｂの情報のことか」

そういえば、とエドガーは思い出す。

狩ることは諦めていたが、今日はボーナスＭｏｂが現れる偶数日だ。すでに夕刻を過ぎていることを考えると、ボーナスＭｏｂの情報が出回っていてもおかしくない。

「あれなの」

「……へ？」

ぽつりとこぼしたすずに、エドガーはすっとんきょうな返事をしてしまった。

「あれ……って？」

「ボーナスＭｏｂ。レイスなの」

マジか、というのがエドガーの感想だった。

すずが言うには、ウェブの情報によると、出現しているボーナスＭｏｂ、レイスから取得できるＤＰは一〇〇。オークのねぐらで取得できるのが一時間二四〇ＤＰであることを考えると、美味しいように思える数字だ。だが、相手はレイス。フルパーティで挑んでも厄介な、悪名高いＭｏｂだ。

「どうする、エドガー？」

「どうするとは、レイスに勝負を挑むか、ということか？」

「そうだ」

余裕の表情で「挑もう」と言いかけたエドガーだったが、その言葉を喉奥へ押し込んだ。

レイス一匹であればなんとかなるかもしれない。だが、今こちらに向かってきているのはレイスの集団だ。エドガーではなく、アランであっても正直危険だろう。

「行ける、と言いたいところだが、正直キツイな」

「だろうな。あの数はお前には無理だ。口惜しいが引こう」

そう続けるティンバー。だが、その言葉でエドガーの足がぴたりと止まった。

「……ちょっと待て」

「どうした？」

「『お前には無理』だって？」

「……え？」

ティンバーとすずが同時に目を丸くした。

何を言ってるのかわからないという表情を浮かべる彼女たちをよそに、空中に浮かぶレイスたちを睨みつけるエドガーが、再び両手刀「神威」を構える。

「俺ならできる。全員倒す」

「ちょ、ちょっと待ってエドガーくん、ごめん、そういう意味で言ったんじゃないから！　やるなら、メグたちと合流してから」

「時間がないだろ」

召喚されたやつらが消えてしまえば、十四のレイスを倒す機会などもうないだろう。

「すずさんたちは下がってろ」

エドガーは、アイテムインベントリから取り出した元気薬を両手に塗布した。

ふわり、と身体がラベンダー色に輝き、半分ほどに減っていたスタミナが勢いよく回復する。

「やめておけ、エドガー。無理だ」

「……ッ！　無理じゃねえ。十四程度のレイス、一瞬で終わらせる」

「嘘でしょ!?　エドガーくーん！」

すずの制止を振り切り、月歩を発動させるエドガー。

ギン、と空気が破裂し、光の帯がレイスたちの集団に飛び込む。

「……ああ、しまった」

戦闘が始まったレイスたちの集団を見て、ティンバーがポツリと囁く。

煽ったつもりはない。つもりはないが、すっかり忘れていた。

エドガーは、煽り耐性がゼロなのだ。

レイスたちが放つ【ボルテージュ】の波がエドガーを襲う。エフェクトが舞い上がり、一体誰のダメージなのかわからないほどの数値が暗闇に躍る。

時折落下してくるのは、エドガーが使ったものと思われる、元気薬の空瓶。

そして、ティンバーとすずは知ることとなる。

キレたエドガーの底力は、想像の範疇を超える恐ろしいものなのだ、と。

＊＊＊

「ああもう、マジで信じらんない！」

ぽかぽかと暖かい日差しが舞い込む霞ケ丘高校の教室。

その一角に頭を抱えてうなだれている一団があった。

先日、予期せぬレッドネームからの襲撃を受けたクラン「放課後ＤＣ部」の面々だ。

「終わったことは仕方ないよ、メグ」

頭を抱えたまま、じたばたと悶えるメグを、すずが慰める。

だが、悶えているのはメグだけではなかった。その隣では同じようにうずくまっている安藤の姿もあった。そして、そんな彼らを呆けたように見つめている山吹と蘭。

「すずの言いたいことはわかるよ？　あれは事故。事故だから仕方ない」

「で、でしょ？」

「アタシだってＭｏｂに絡まれることはある。焦るし、ヤバイって思う。だけどさあ……」

メグが、がばっと身を起こして山吹と安藤を睨みつける。

「なんで二人同時に絡まれて、アタシたちんトコに戻ってくるかなあ⁉」

「……うっぐっ」

山吹と安藤が、まるで見えない力で喉を押しつぶされたような呻き声を上げる。

蘭が瘴気の谷ですずとティンバーを救出していたとき、オークのねぐらで狩りをしていたメグのパーティは、とんでもない事態に陥っていた。釣りに失敗した山吹と安藤が大量のオークを引き連れて現れたため、狩場は阿鼻叫喚の地獄絵図になっていたのだ。

オークの顔に苦手意識があったメグは悲鳴を上げ、ウサはまるで鬼ごっこをしているかのようにきゃっきゃと嬉しそうに走り回る。盾役の山吹と安藤は、数で勝るオークたちのターゲットを固定できるわけがなく、メグたちはあっけなくホームハウス送りの刑になったのだ。

「もうダメだあ！　アタシの……諭吉さあああん！」

窓の外、気持ちよさそうに空を泳ぐ雲を仰ぎながら、メグが遠い目で泣き叫ぶ。

だが、怒りをにじませつつも、以前のようにミスをした安藤たちに怒りをぶちまけないあたり、不可抗力だと彼女自身もわかっているのだろう。

成長したじゃないか。

煽られてレイスに突っ込んだ事実を棚に上げ、蘭は他人事のように心の中でそうつぶやいた。

「ま、まだ時間はあるし、頑張ろうぜ？」

「ボーナスＭｏｂを狩りまくれば行けるはずだよ、メグ」

「無理無駄無謀だよ、もう……」

声を揃える山吹とすずだったが、口から魂が抜けかけているメグにその声は届かない。

「ん～、もうだめなのかな、江戸川くん？」

「こっちの世界に帰ってこい」とメグの身体を揺さぶる山吹を横目に、すずがぽつりと蘭に訊ねた。

結局、昨日手に入ったＤＰは、レヴァナントを倒して手に入れた四五〇〇ＤＰと、蘭が鬼神のごとき立ち回りでレイスの集団を屠って手に入れた三〇〇〇ＤＰの、合計七五〇〇ＤＰ。

もし、この調子で毎日同じＤＰを稼ぐことができれば、予選を突破する可能性は十分ある。

だが、問題はメグたちが全滅したことだ。彼女たちの装備を調達する必要が出てきたのだ。

そこからＤＰを稼（かせ）ぎに行ったとしても――

「残念だけど無理だろうね」

「一二〇位に入るのも難しいかな？」

すずが言う一二〇位とは、惜（お）しくも予選突破ができなかった一〇一位から一二〇位までのチームで争う敗者復活戦に行けないかということだ。

「どうだろうな。難しいとは思うけど」

蘭がため息交じりで答える。

難しい、というよりも敗者復活戦は正直、勘弁（かんべん）願いたいと蘭は思っていた。

まだ確認していないが、アランのチーム「フォーチュン」は予選を突破しただろう。

つまり、間もなく始まるグループトーナメントを前に、アランでのプレイに馴染（なじ）んでおかないといけないのだ。放課後ＤＣ部の一員として敗者復活戦に参加する時間は、蘭にはなかった。

「難しいかあ。でも、できるだけ頑張（がんば）ろうよ、江戸川くん」

「まあ、そうだな」

残り数日。その期間、頑張（がんば）るくらいなら、かまわないか。

どんよりとした空気を肩に乗せているメグと安藤を見ながら、蘭はそう思った。

だが、このとき、蘭は想像だにしていなかった。

名誉挽回（ばんかい）だと山吹と安藤が奇跡的な頑張（がんば）りでＤＰを荒稼（かせ）ぎすることを。

最後のボーナスＭｏｂが現れる六日目、ティンバーが運よくそれを仕留めることを。

そして、ＫＯＤ予選ランキング一二〇位に放課後ＤＣ部が滑りこみ——あろうことか、アランのチーム「フォーチュン」が一〇一位に取り残されてしまうことを。

第二章　敗者復活戦を突破しよう！

サービスが開始してから時間が経過しているMMORPG（大規模多人数同時参加型オンラインRPG）は、どのサービスも同じような方向へ進むことが多い。

レベル上限の開放や、高レベル向けエリアの追加。そして、最高レベルに達したプレイヤーが何度も楽しむことができるクエスト、いわゆるエンドコンテンツの実装。

つまり、ゲームが高レベルの「熟練者向け」になっていくのだ。

オンラインゲームのビジネスモデルは千差万別だが、ほとんどが従来の売り切り型ゲームと違い、長期間を見据えた課金による収益を主な収入源としている。そのため、長く遊んでもらうべくコンテンツがコアユーザー向けになっていくのは仕方がないと言える。

だが、ゲームが熟練者向けになっていくことで新規プレイヤーが入りにくい雰囲気が形成され、結果プレイ人口が減ってしまう事例も少なくない。

それは、ドラゴンズクロンヌも例外ではなかった。

サービス開始以後、「五感を使って脳内で仮想現実世界をシミュレートする」という斬新性と話題性で新規プレイヤーは増え続けていた。だが、五年目を境にプレイ人口の増加が鈍化し、六年目を迎える前に、プレイ人口は減少に転じてしまったのだ。

　このまま進めば、サービスが終了してしまうのは明らか。そう考えたドラゴンズクロンヌの運営会社は、ひとつの対策を打った。

　それが、初心者救済プログラム「狩竜徒学校」制度だ。

　狩竜徒学校制度とは、新規登録したプレイヤーを対象に、一定のレベルまでプレイをサポートする制度のことを指す。一定のレベルまで取得経験値にボーナスがあるといった仕組みは、これまでの他のＭＭＯＲＰＧでもあったが、狩竜徒学校制度が一線を画していたのは、「サポートする側が熟練プレイヤー」だということだった。

　一般公募により選ばれたクランが狩竜徒学校の肩書を得て、定期的にあてがわれた数名のプレイヤーをサポートするのだ。そして、規定レベルまで達したプレイヤーが狩竜徒学校を「卒業」する際には、運営より決められた報酬がクランに支払われ、また新たな新規プレイヤーがつけられる。

　狩竜徒学校制度は、人員をあまり割くことができない運営が考えた苦肉の策だった。だが、既存プレイヤーの「初心者を助けたい」という親切心と、「ドラゴンズクロンヌを盛り上げたい」という思いで六年目以降、プレイ人口の右肩上がりという結果を生んでいる。


「え〜っと……」

　静かなうららとした陽気に包まれた、クレッシェンドエリアの中心に位置する、【クレッシェンド大平原】——

「ゴブリン」や「オオカミ」、夜間にだけ出没する「スケルトン」など、初心者用の〝経験値袋〟として不動の位置を築いているこの場所に、数名のプレイヤーの姿があった。

「み、皆さんはじめまして。これから皆さんをレベル二〇までサポートすることになった『かぐや』と言います。よよ、よろしくおねがいします」

気恥ずかしそうに頬（ほお）を赤らめながら自己紹介したのは、燃えるように赤いストレートロングヘアに、タレ目がちの瞳が印象的なモーム種のプレイヤーだった。露出度の高い民族衣装のような軽装装備を身にまとった、クラス格闘士（モンク）の女性。気弱で天然な空気をムンムンと放っている彼女——かぐやは、狩竜徒学校（ハンターアカデミア）の教師（マギステル）だった。

「マジかよ……モームの先生って、俺たちチョーラッキーじゃね？　先生彼氏とかいるの？」

「……えっ？」

目の前に座っている、初期装備に身を包んだプレイヤーからの質問に、かぐやは狼狽（ろうばい）してしまう。

「えっと、あの、そういった質問は……」

しかし、彼らの質問は止まらない。

「いいじゃないッスか、教えてくださいよ！」

「かぐや先生、スリーサイズはいくつですか？」

「先生、その耳触ってもいいッスか？」

「後で個人的に連絡先教えてください！」

合計四人のプレイヤーに次々と質問攻めにあい、かぐやは目を白黒させてしまう。

彼らは、つい先日ドラゴンズクロンヌをスタートさせ、狩竜徒学校制度を利用した初心者プレイヤーだった。そして彼らがあてがわれたのが、かぐやの所属するクラン、「狩竜徒の学舎協会」だ。

「だだ、だからそういったことは駄目なんですってば。私とあなたたちは先生と生徒の関係で」

「恥ずかしがる顔も可愛いっす、かぐや先生！」

「かっ、からかわないでください！」

かぐやは、わたわたと垂れたウサギ耳を動かしながら、その髪と同じように顔を真っ赤に染め上げてしまう。

「そうだ。僕たちとの仲を深めるという意味で、これからどこかに遊びに行きませんか？」

「お、いいね。これからレベル二〇まで一緒なわけだから、お互いのこともっとわかりあわないと」

「だだだ、駄目です！　ちゃんとカリキュラムが用意されているんですから、それに則ってやらないと怒られちゃいます！」

カリキュラムというのは、かぐやが所属している狩竜徒の学舎協会で用意しているテキスト「ドラゴンズクロンヌを楽しむためのいろは」のことだ。狩竜徒の学舎協会に所属している教師はそのカリキュラムに則ってサポートすると決められていて、怠った場合はクランマスターから恐ろしいお叱りを頂戴することになるのだ。

「いや、そんなこと言わずに楽しみましょうよ？」

「駄目です……って、みっ、耳触らないでください！」

調子に乗った生徒たちのちょっかいは、次第にエスカレートしていく。

クレッシェンド大平原は初心者御用達のエリアで、レベル上げの狩りをしているプレイヤーは多い。そんなエリアのど真ん中で、モームの女性が男性の集団からハラスメント行為を受けていると言ってもいい。

周囲のプレイヤーは「止めるべきか」とちらちら視線を送るが、怖くて声をかけられない様子だった。次第に、緊迫した空気が流れはじめたのは言うまでもない。

そして、ついにひとりの生徒がかぐやの肩に触れた瞬間だった。

「やっ」

その異変に最初に気がついたのは、周囲のＭｏｂたちだった。何かを感じた低レベルのＭｏｂたちが、一斉に逃げ出したのだ。

「やめて……ヤメッ……ヤメロっち言いよろうがあぁっ！」

「ふわッ⁉」

突如放たれた、ドスの利いた恐ろしげな声。

刹那、凄まじい勢いでかぐやの小さな右足が振り上げられた。

「どッわあああぁッ！」

天高く掲げられたかぐやの足が、空気を切り裂き、地面へと叩きつけられる。

びりびりと震える空気。引き裂かれる大地。

地鳴りが轟いた瞬間、凄まじい衝撃が生徒たちに襲いかかり、まるで枯れ木のように彼らは吹き飛んでしまった。

「わがたちは、なんばしよっとか？　ああっ？」

激変したかぐやの姿に、生徒たちの顔から一瞬で血の気が引いていった。

タレ目で温厚だったかぐやの表情は、返答を間違えれば即座に地獄送りにされてしまいそうな鬼の形相に変わり、のんびりしていた口調は抜き身のナイフのように鋭く尖（とが）っている。

生徒たちにも、遠巻きに彼らを見ていたプレイヤーたちにも、何が起こったのかわからなかった。

理解できたのは、先程までか弱い雰囲気（ふんいき）だったモーム種のプレイヤーが、自然オブジェクトにも影響を与えるような、クラス格闘士（モンク）の足技スキル【かかと落とし】を放ったことだけ。

「あたしがやめろっち言ったら、さっさとやめんね！　わがたちは舐（な）めとっとか、こんあたしを！」

「ごご、ごめんなさい……ッ！」

「ああっ!?　申し訳ありませんでしたやろがッ！」

かぐやがふたたびズドンと地面を踏みつける。生徒たちの悲鳴がこだました。

「はよ立たんね！　あたしの授業はもう始まっとーとよッ！」

「は、はいいいいッ！」

方言バリバリのかぐやの声が、クレッシェンド大平原に轟（とどろ）く。

かぐや自身もかつて「狩竜徒の学舎協会」でゲームのいろはを学んだプレイヤーで、卒業後は教師（マギステル）の一員としてクランに残ったという経歴を持つ。

現実世界では一児の母であり、塾の講師でもあるかぐやは、ゲームの世界でも教育に熱い女性だった。しかし、そのおっとりとした雰囲気（ふんいき）と可愛（かわい）らしいモーム種の容姿から、彼女は生徒にちょっかいを出されることが多い。

ただ、そんな生徒たちは皆、例外なく数日も経たずに借りてきた猫のようにおとなしくなり、彼女に尊敬と畏怖の眼差しを向けるようになる。

彼女の奥底に眠る獅子の姿に恐れおののき、手を出そうとしたことを心底後悔するのだ。

狩竜徒の学舎協会の教師かぐや。別名「赤い髪の悪魔」――

彼女は、狩竜徒の学舎協会で卒業者輩出率ナンバーワンの教師であり、ＫＯＤ予選で敗退濃厚だった狩竜徒の学舎協会チームを一〇二位まで急上昇させた立役者だった。

＊＊＊

「いやあ、今日もいい天気ですねえ」

「……安藤くん、アタシには曇ってるように見えますけど、もしかして違う空見てるのかな？」

蘭たちが通う霞ヶ丘高校の一階にある自動販売機コーナー。

ジュースやおにぎりなどが買える生徒御用達の自動販売機コーナーに設置された小さな丸テーブルを囲む放課後ＤＣ部のメンバーたち。彼らは今にも落ちてきそうな重い空とはうらはらに、陽気に満ちた春色に包まれていた。

「ふふ、なんだかすごい嬉しそうだね、安藤くん」

すずが、紙パックの野菜ジュースを飲みながら訊ねた。

「なに言っちゃってんの、すずさん！　ストレートに予選突破……とまではいかなかったけど、敗者復活戦に進めそうなんだからさあ！」

　安藤だけではなく、集まったメンバーたち皆の顔がほころんでいる理由がそれだった。

　瘴気の谷での事件と、オークのねぐらで安藤、山吹が起こした失態——

　一時はあきらめムードだったが、奇跡の挽回が起こり、敗者復活戦に出場できるぎりぎりの一二〇位に、放課後ＤＣ部が滑り込んだのだ。

「今回のレギュレーション改訂に助けられたとはいえ、望みが繋がったのは事実だからな。今は喜ぶべきだよ。なあ、江戸川」

「……え？　あ、うん、そうだね」

　蘭がどこか上の空で山吹に返す。予選が終わったのが昨日で、日付が変わる瞬間のランキングが一二〇位だった。正式な発表があったわけではないが、敗者復活戦に参戦できるだろう。

　一二〇位にランクインできたのは凄い、と蘭は素直に思う。メンバーのスキルはそう高くないし、予選終盤何かと問題が起きていた状況であれだけＤＰを稼ぐことができたのは、奇跡に近いことだ。

　しかし、蘭にはそのことが素直に喜べなかった。

「どしたのさ、エド」

「え？」

「なんか元気ないじゃん？」

　それに気がついたのはメグだ。

「そ、そうかな。いつもどおりだと思うけど」

「ん～、確かにいつもどおりの暗い感じではある」

「……はいはい、暗いやつですみませんね」

ジト目で睨む蘭を見て、メグがけたけたと笑った。

蘭がクランメンバーでただひとり、敗者復活戦へ進めたことを喜べない理由。

それは、アランのチーム「フォーチュン」が、一〇一位になってしまったからだった。

五十嵐は予選突破するために、アラン以外の六人を、常時ドラゴンズクロンヌにログインしているような廃人プレイヤーで構成すると言っていた。蘭自身も、彼らに任せれば問題ないだろうと思っていた。だが、予選終了間近に【ロスター】で確認したところ、フォーチュンの順位は一〇一位だった。

つまり、フォーチュンは敗者復活戦送りになったということだ。

勝負ごとに絶対はないのは、トッププレイヤーである蘭も痛いほどわかっている。

大番狂わせは実在する。優勝候補筆頭だったチームが初戦で敗退するなんて話は枚挙に暇がない。

しかし、と蘭は自動販売機で購入したオレンジジュースをじゅるじゅるとすすりながら思う。

それにしても、予選敗退が濃厚だった放課後DC部が敗者復活戦に滑り込み、予選突破が確実だったフォーチュンが敗者復活に叩き落されるなんてことがあるのか、と。

「あ、すず、ウサさんからLINKきてるよ」

紙パックのストローを咥えたまま、メグが言う。

ＬＩＮＫというのは、インターネット回線を使って、無料で通話やメッセージをやり取りできるアプリケーションのことだ。つい先日、予選が終了した際に今後のやりとりのため、クランメンバー内でＬＩＮＫのＩＤを交換していた。

「ああ……やっぱりウサさん、仕事で敗者復活戦参加できないかも、だって」

ウサからのメッセージは、その時期は仕事が忙しいらしく、敗者復活戦には参加できない可能性が高い、という連絡だった。

「デザイナーだもんな。仕事大変だろ」

「ウサさんってホントは、アタシらが仲良くしていい人じゃないよね、マジで」

メグの言葉に、蘭も納得してしまった。向こうの世界ではあんなウサだが、現実世界ではちゃんと働いていて、それもファッションデザイナーときている。ソロでサラディン盆地を突破しようとしたり、エドガーを勝手に師匠だと呼んだりとめちゃくちゃな人間だが、現実世界では一番しっかりしているのではないだろうか。

「そういえば、ティンバーさんって何してる人なのかな？」

「彼女は大学生らしいぜ。それもトウキョーの」

なぜか得意げにすずに答えたのは山吹だ。

「なんだそれ、どうやって手に入れた情報？　ソースどこよ？」

「俺が苦労して手に入れたティンバーさん本人情報」

「あ〜、あんときか。しつこく声かけてたもんね、アンタ」

「う」

メグがどこかにやついた顔で目を細める。軟派山吹は、ティンバーの心の防壁をこじ開けられなかったことを思い出したようで、静かにうなだれてしまった。

「でも、大丈夫かな？」

「大丈夫、って？」

自販機のボタンを押しながら、メグがすずに訊(たず)ねた。

「ほら、大学生って、サークルとか勉強とかすごく忙しそうじゃない？　参加できるかなって」

「ああ、確かにね。デートとかあるかもだし」

「……確かに。それはマズいな」

顎(あご)に指をあてがい、蘭はうむむと黙考してしまった。

現実世界でどんな生活を送っているのかは全く知らないが、彼女のメインキャラはTwinklingとスポンサー契約を結んでいる、現在動画視聴ランキング一位のプレイヤー、クロシエなのだ。この時期を狙ってTwinklingの仕事が入る可能性があるし、もしそうなれば彼女も敗者復活戦に出られなくなってしまう。ティンバーも出られないとなれば、敗者復活戦で勝つことはまず無理だろう。

「あらら、エドも気になるんだ」

「え？」

ニヤケているメグがこちらを見ていたことに、蘭はようやく気がついた。

「エドも気になる？　ティンバーさんのリアル。彼氏いるのかどうかとか」

「そ、そういう意味じゃねえから！　心配してるのは、敗者復活戦に参加できるかどうかの方だ」

「へえ、ふ〜ん」

蘭の言葉を華麗に聞き流し、メグは邪な笑顔を向けてくる。

この下世話好き小悪魔をどう納得させようかと考えた蘭だったが、ティンバーがクロシエであるという事実を伝えられないため、説明に窮してしまった。そして、辺りに微妙な空気が流れはじめたとき。

「あ、よかったあ」

変な沈黙を終わらせたのは、すずの声だった。

「ナイスタイミングでティンバーさんからＬＩＮＫ来たよ！」

「え、マジ？」

「もちろん参加できるって」

まるでこちらの会話が聞こえていたかのようなタイミングで送られてきたティンバーからのメッセージに、すずが安堵したような笑顔を見せる。

流し目で「よかったねエド」と囁いてきたメグの言葉は、華麗にスルーしてやった。

「なあ、江戸川」

と、安藤が蘭の名を呼んだ。

「敗者復活戦ってさ、五人のチームで戦うんだよな？」

「レギュレーションにはそう書かれてるな」

「いやね、ウサさんが出られないってのはいいんだけど、俺ら六人じゃん。メンバーどうするよ？」

「あ、そういえば……どうしよう、エド」

今年から追加された敗者復活戦のレギュレーションに「登録した七人から五人を選定して戦う」と書いてあったのは、蘭も確認していた。ウサが出場できず、ティンバーが出場できるということは、六人のうちから五名を選出する必要がある。

つまり、クランメンバーのうち誰かひとりは出場できないということだ。

春休みはエドガーでログインできない件を言うのはこのタイミングだ、と蘭は思った。

「その件でちょっと話がある。春休みのことなんだけど」

「は？　春休み？」

怪訝（けげん）そうに、安藤が眉（まゆ）をひそめた。

「いやさお前、いきなり春休みってドコに話を飛ばしてんだ。どんだけ自由なんだよ」

「ち、違う。敗者復活戦にも関係あることだ」

「ああ、そういえば、敗者復活戦あるのって春休みに入ってからだっけ。んで、春休みがどーした？」

山吹がコーヒー牛乳をちゅうちゅう吸いながら訊（たず）ねる。

「実はさ」と、参加できない件を話そうとした瞬間、蘭の下腹部にきゅうと締めつけられるような痛みが走った。それが「罪悪感」だと気がついたのは、しばしの沈黙が流れてからだった。

「……？　どーした急に黙って。今度はトイレの話に飛ぶか？」

「と、飛ばねえし！」

茶化す安藤を怒鳴りつけつつも、蘭は先程の罪悪感の理由を考えていた。

エドガーとして敗者復活戦に参加できないからかと思ったが、少し違う気がする。皆に嘘をつくことになるからか、とも思ったが、やっぱり違う気がした。結局、一通り考えてみたが、なぜ罪悪感が突然襲ってきたのか蘭にはわからなかった。

「実は、春休みに家の事情で田舎に行くことになってさ」

これ以上考えてもわかりそうになかった蘭は、おそるおそる確かめるように言葉を続ける。

「敗者復活戦、参加できそうにないんだよね」

「え、マジ？」

「う、うん。悪い」

再び訪れる沈黙。蘭の脳裏に嫌な予感がよぎる。

これをきっかけに「空気を読めない江戸川」「ドタキャンの江戸川」なんてあだ名でいじめられるかもしれない。ちょうどＬＩＮＫにドラゴンズクロンヌのチャットグループができたし、噂の「既読スルーいじめ」を受けるきっかけとしてはおあつらえ向きだ。

いつもの妄想とは違い、なぜか今日はネガティブな方に思考が発展していく蘭。

そして、蘭が重苦しい沈黙に押しつぶされそうになったときだった。

「ま、家の事情じゃあしかたねえか」

「……え？」

あっけらかんと言ったのは、まだちゅうちゅうとコーヒー牛乳を飲んでいる山吹だ。

そして山吹に、メグや安藤が続く。

「田舎に帰るならしかたないけど、エド抜きは寂しいね」

「いや、俺は逆に江戸川が出られなくてよかったと思うね。もし江戸川が出られたら、ベンチ送りになるのって、俺かメグさんのどっちかだぞ、絶対」

「はあ!? なんでよ! ベンチ行きはMob釣りも満足にできなかったアンタでしょ!」

余計なことを口走った安藤の胸ぐらを掴み、メグがぎゃあぎゃあと騒ぎ出す。

そんなふたりを見て、蘭は変な心配をしてしまった自分がアホらしくなってしまった。

「出られないこと気にしないでね、江戸川くん。メンバーは五人いるわけだし、一緒にグループトーナメントに行けるように、江戸川くんの分も頑張るから」

「す、すずさん……!」

彼女の背後に見える曇り空が一変し、抜けるように青く澄み切った空が姿を現した……ような気がした。

そして、蘭は改めて己に問いかける。

もしグループトーナメント出場を決めたときのために、自分にできることはなんだ、と。

今、蘭にできるのは、アランでプレイ動画を上げランキングを一位に戻すこと。

一位に戻せば、五十嵐もDICE上層部も文句をあれこれ言ってくることはなくなるし、そうすれば、何も気を揉むことなく、すずたちとグループトーナメントに出場できる。

「……ちょっと待て」

蘭は引っかかりを覚えてしまった。何か重要なことを忘れているような気がする。

そもそも、エドガーで敗者復活戦に参加できないのは、アランでプレイするためだ。

では、なぜアランでプレイしなくてはならないのか。

以前は、春休みを使って動画を配信し、動画視聴ランキングを一位に戻すという理由だった。

だが、今は違う。予選が突破できなかったために、アランで敗者復活戦に出ないといけないのだ。

敗者復活戦に勝利し、グループトーナメントに出場する。

ということは、つまり——

「うっぎゃあああ！　マジかよッ！」

「ッ！」

突如響きわたった安藤の叫び声に、蘭はびくりと身をすくめてしまった。

「な、何よ、安藤、急に」

「こ、これ見ろってメグさん！　みんなも！」

そうして、丸テーブルの上に安藤のスマートフォンが置かれた。呆けてしまっている蘭以外の視線が集まった先。そこに表示されていたのは、つい先程公式から発表された敗者復活戦に参加するチームの一覧だった。

「……これが、何？」

「このフォーチュンってチーム。メンバーにアランがいる」

「え」

一瞬時が止まった。自販機コーナーの前を通りすぎる生徒たちの話し声や、遠くで弾ける楽しそうな笑い声がやけにくっきり聞こえる。

「アラン……って、あのアランさんなの？　本当に？」

「いやいやいや、すず、なんかの間違いに決まってるよ、こんなの。絶対ないって」

メグが頬を引きつらせて笑う。

だが、アランのプロフィールが表示された瞬間、その空笑いすら消え、メグは絶句してしまった。

そして蘭は、思わず手で目を覆い、天を仰ぐ。

蘭が罪悪感を感じ、妙な引っかかりを覚えたのは、アランで敗者復活戦に出場しなければならないからだ。

だが、アランで出場するということは、放課後ＤＣ部として出られないという意味だけではない。

敗者復活戦は、一チームだけがグループトーナメントに進める過酷なバトルロイヤル戦。

つまり、敗者復活戦に出られないことは気にしなくていいと優しく微笑んでくれたすずや、敗者復活戦に進めたことを喜んでいるクラスメイトたちを倒さなくてはならないのだ。

「えーっと……ま、まあ……その～、頑張ろうよ、みんな！　ね！　頑張ろ～！」

明らかに諦めムードになったメグたちを鼓舞せんと、すずが拳を高々と掲げた。

だがその声は、自動販売機エリアに虚しく広がり、生徒たちの喧騒に溶けていく。

なんとも最悪な空気が漂う中、「ＫＯＤ終了の合図です」と言いたげに、昼休みの終わりを告げるチャイムが高々と鳴り響いたのだった。

＊＊＊

このままだと、アランで放課後ＤＣ部を全滅させることになる。

学校が終わり、いつものように安藤たちと駅前のカフェに寄り道をして自宅に戻った蘭だったが、その件を解決するいい案は思いつかなかった。唯一思いついたのが、アランで放課後ＤＣ部以外のチームを倒して回り、間接的に彼らをサポートすること。だが、それも根本的な解決には至らないのはわかっていた。

敗者復活戦は、二〇チームが同時に戦うバトルロイヤル形式で、グループトーナメントに進めるのは勝利した一チームのみ。つまり、アランが他チームを倒して回ったところで、最終的にフォーチュンと放課後ＤＣ部は戦わなくてはならないのだ。

「——いや、それはなかなかいいアイデアだと思うぞ」

ドラゴンズクロンヌ内、幾人かのプレイヤーが各々ウインドウを眺めている素材屋。うっすらと波の音が聞こえるクレッシェンドの街のそこに、ティンバーとエドガーの姿があった。

ティンバーがここにいる理由は、アイテム生産に必要な素材を購入するためだ。アランとの関係を知る彼女に相談しようと、エドガーは随伴することにしたのだった。

「え？　そう？」

「ああ。お前がそう立ち回ってくれるのであれば、グループトーナメント進出はぐっと現実味を帯びてくるだろう。だが――」

　店主に代金を支払ったティンバーが、エドガーを見やる。

「問題は、最終的にフォーチュンと放課後ＤＣ部が残った場合だな」

　当然ながら、ティンバーもエドガーと同じ結論に至った。

「まあ、お前はその答えが出ていないから、私に相談しにきたのだろうが」

「う……そのとおりだ」

「いや待て。記憶が正しければ、お前には『相談したい』とも言われていないな。素材購入に付き合いたいと言われただけだ」

　いたずらっぽい笑顔を見せたティンバーが、オブジェクト化された素材アイテムをいくつかエドガーに手渡した。苦虫を噛み潰したような表情になってしまった彼は、渋々その素材を受け取る。

「俺は荷物持ちかよ」

「違うのか？　女子の買い物に付き合うということは、そういうことだろう」

　そう言ってティンバーは店主に話しかけ、再び素材を購入しはじめる。

「というか、何をそんなに買ってるんだ？　今日ってどこか行く予定だったか？」

「実はすずと相談していたんだが、敗者復活戦を前に、少し練習をしようと思ってな」

「練習？」

「ＰｖＰのトレーニングだ」

「え」

思わずエドガーは目を丸くしてしまった。

「まあ、知らなくて当然だな。協力してくれるクランへの打診もあるし、みんなには決まってから話すつもりだったんだろう」

そういえば、夕方にＬＩＮＫのグループで「ログインしたらみんなでやりたいことがある」とすずが言っていたことを、エドガーは思い出した。

「なるほど。他クランとのＰｖＰ、ね。そのために素材を買ってたってわけか」

「すずがいるとはいえ、回復薬はたくさんあった方がいいだろう。フォレストハーブをラバスタ林地に取りに行く時間はないが、お前と同じでお金は腐るほどある」

ティンバーは再び、大量のオブジェクト化されたアイテムをエドガーに手渡す。

エドガーは完全に荷物持ちの気分になってしまった。

「それよりもティンバー、さっきの件だが」

「さっき？　……ああ、アランの件か」

アイテムインベントリに格納された素材を確認しながら、ティンバーが答える。

「お前はアランで出場するのだ。もし放課後ＤＣ部と対峙した場合、手を抜く必要はないだろう」

「いや、しかしだな」

「もちろん正々堂々とアランにＰｖＰを挑むつもりはない。私もそれほど自惚れてはいないさ」

苦笑いを浮かべるティンバーがウインドウに表示させたのは、ＫＯＤの情報が閲覧できる【ロスター】の大会レギュレーションページだった。

「見ろ。敗者復活戦はバトルロイヤル形式だが、他のチームをすべて倒せば勝ち、という単純なものではないらしい」

「フラッグルールのことを言ってるのか？」

ティンバーは小さく頷いた。

それは、つい先程エドガーも手に入れた情報だった。

敗者復活戦は初の試みである「チームによるバトルロイヤル形式」で行うこと以外にも、細かいルールが設定されていた。

敗者復活戦で勝利する手っ取り早い方法は、他のチームを全滅させることだが、それ以外にもエリア内に設置されている七本の「旗」をすべて獲得するという方法があった。

この「フラッグルール」を作ったのは、戦闘を避けて逃げ回るチームばかりになれば、勝負がつかなくなるという考えからだろう。

そして、スピーディに勝負を決めるためか、三時間という制限時間も設けられていた。

三時間が経過した時点で二チーム以上が残っていた場合、フラッグの所持が一番多かったチームが勝利となるらしい。

「私たちは他チームの排除よりも、フラッグの獲得を優先させる。そして最後まで生き残り、タイムアップを狙う」

「フラッグの所持数で勝つということか」

それはいい考えだ、とエドガーは思った。

フラッグの総数は七本。つまり、四本獲得した時点で、タイムアップ時に勝利が確定するということだ。設置されたフラッグの位置は定期的に【ロスター】を通じて確認できるらしい。開始早々、四本のフラッグ位置を確認し、他チームには目もくれず獲得に向かう。勝負は、スタートして一秒でも早くフラッグを獲得することだろう。時間が経てば他のチームもフラッグに集まり、泥沼のPvPが発生してしまうからだ。

「放課後DC部がフラッグを手にしやすいように、俺は他のチームを倒して回る……うん、それなら行けるかもしれない」

「だが、フォーチュンと遭遇してしまう可能性は変わらないが」

「そのときは？」

「敗者復活戦から公式放送が行われるらしい。今後のことも考えて手は抜くな」

もし、放課後DC部と対峙したとき、わざと負けるような素振りがあれば、アランと放課後DC部の関係を疑われることになる。そうなればDICEにも迷惑がかかるだろうし、視聴数を稼げる動画のアップどころではなくなってしまうだろう。

だから、遭遇してしまったときはお互い全力でやりあうしかない、とティンバーは言っているのだ。

それだけは絶対に避けなくてはならない、とエドガーは己に念を押した。

「顔を見る限り、少しはお前の助けになれたようだな」

「少しどころじゃないな。助かったよ」

「それはよかった。だが、はじめから『相談したいことがある』と言ってくれれば、荷物持ちなどさせる必要はなかったのだがな」

　痛いところを突かれ、エドガーはぐうの音も出ない。

「まあ、そういう回りくどくてひねくれた部分が、お前の可愛(かわい)いところではあるのだがな」

「う、うるさい」

　反応に困ったエドガーは、とりあえずくすくすと笑うティンバーを睨(にら)みつけた。

　そして、回復薬の生産に必要だった素材を手に入れ、ティンバーとエドガーは素材屋を後にした。

　扉を開いた瞬間、気持ちのいい風に乗った潮の香りが鼻腔(びこう)をくすぐる。

　そして、その風に誘われるように、エドガーはふと先程のトレーニングの件を思い出した。

「そういえば、さっき言ってた打診しているクランってどこなんだ？」

　ＰｖＰトレーニングのために、すずがどこかのクランに協力の打診をしている、とティンバーは言っていた。放課後ＤＣ部は立ち上げて間もないクランだ。よく知るクランがあるわけない。

「クラン名までは知らないが、すずの知るプレイヤーらしい」

「すずさんの知り合い？」

「ああ。だが、すずはお前もよく知るプレイヤーと言っていたが？」

「え、俺も？」

　すずと共通の知り合い。そんな人間がいるのか、と考えたエドガーだったが、妙な胸騒ぎとともにその答えはすぐに見つかった。

「……えーっと、それってもしかして女性の侍プレイヤー？」

「確かそんなことを言っていたな」

「やっぱりか」

的中した、とエドガーは苦笑いを浮かべた。

エドガーの脳裏に浮かんだのは、つい先日、バレンタインチョコを巡る面倒ごとで知り合った女性プレイヤーだ。すずが相談したのは、間違いなく彼女——ラミレジィだろう。

ラミレジィは先日のバレンタインイベント以降、すずと交流するようになっていた。「AFC42」というどこかのアイドルグループのような響きのクランマスターでもあるらしいので、人を集めやすいはずだ。それに、ラミレジィ自身のプレイヤースキルは「チョコラトルの邂逅」で見た限り、申し分なかった。相手にとって不足はない。むしろ、苦戦は必至だろう。

「それで、場所はどこでやるんだ？　クレッシェンド？」

「それが、向こうから場所の提案があったらしくてな」

そう言って、ティンバーはとあるアイテムをインベントリから取り出した。

オブジェクト化された形状から察するに、装備品だろうか。

だが、それにどういう意味合いがあるのか、エドガーにはわからない。

「なんだそれ？」

「お前も用意しておいた方がいいぞ」

「だからなんなんだよ、それ」

「ふふ、これはな」

そう言うと、ティンバーはエドガーの耳元に近づき、囁いた。

「Twinkling の新作水着だ」

「え」

思わずぎくりとしたエドガーは、ティンバーから飛び退いてしまった。

水着が必要ということは、つまり、ラミレジィが指定した場所は「濡れる可能性がある場所」ということ。

「ま、まさか、プラージュ諸島か？」

「ふふ、よかったな、エドガー。すずも水着を用意するそうだ」

「……ッ!?」

現実世界の蘭の表情をシミュレートしたエドガーの表情が、くにゃりと崩れてしまう。

そのことが自分でもわかったエドガーは慌てて顔を隠すも、すでに遅かった。

エドガーからわざとらしく視線を逸らしたティンバーは、わかりやすく肩を震わせていた。

＊＊＊

「なんじゃこら！　海、空、青、広い！」

「うっひょおおおお！　見てすずぅぅうう、しゅごいいいいい！」

「うわああ、現実世界の海より綺麗っ！」

「おい、あそこ見ろよヤマブキッ！　水着のネーチャンがたくさんッ！」

「お、おお。ここが噂に聞く天国とやらか」

太陽の欠片が散りばめられたかのようにきらきらと輝く青い海。

白色と橙黄色が混ざりあった美しい砂浜。

定期船を降りた放課後ＤＣ部の面々を待っていたのは、美しい南国の景色。

リゾート地かと見紛う、穏やかな時間が流れる南国の街サンフォスタンだった。

「はあ、ようやく到着したか」

はしゃぐメグたちとは対象的に、エドガーはぐったりとうなだれていた。

「やはりファストトラベルで飛んだ方がよかったのではないか？」

「まあ、みんな『船旅がいい』って言ってたし、これでモチベーションを上げてくれるなら万々歳だろ」

「一理ある。だが、これほど喜ぶとは私も思わなかった」

手のひらで日陰を作り、砂浜を眺めるティンバーは、呆れたような笑顔だ。

既に船着場にウサ、メグ、アンドウ、ヤマブキの姿はなく、すぐ近くの砂浜に飛び出していったらしい。

プラージュ諸島の街、サンフォスタンでＰｖＰの練習を行うと聞かされたメンバーたちの喜びようは、エドガーが軽く引いてしまうほどだった。

だから、メンバー過半数の賛成により、クレッシェンドからサンフォスタンまで船で向かうことになったのは、当然といえば当然か。

クレッシェンドエリアからサラディン盆地エリアに抜け、ヴェルン大公国エリアの街グランホルツの定期船でサンフォスタンに。これまでのエドガーたちからすれば、かなりの長旅だ。

「しかし、ラミレジィのクランはよく協力してくれたと思うよ」

「聞くところによれば、彼女たちは予選を突破したらしいな。突破したチームの余裕といったところか」

ティンバーの予想に、エドガーは心の中で「それは半分違う」と返した。

ラミレジィのチームは余裕で予選を突破し、グループトーナメントに進んだのは間違いない。

親切心から、放課後ＤＣ部を助けたいと思っているのも事実だろう。

だが、ラミレジィが引き受けたのは、単純にプラージュ諸島に行きたかったからだろう、とエドガーは考えていた。

なぜなら、先日ＤＩＣＥ公式チャンネルに公開された、アランとクロシエのパーティプレイ動画を当然のことながら、ラミレジィもチェックしたからだ。そしてそれを見て、アランの大ファンであるラミレジィと彼女のクラン「ＡＦＣ42」メンバーはアニメの聖地巡礼よろしく、プラージュ諸島を訪れたいとよく口にしていたのだ。

ちなみに、ＡＦＣ42という名前は「アランファンクラブ」の略称らしいのだが、「42」という数字は、某アイドルグループのように四十二人所属しているというわけではないという。

エドガーがその件について訊ねたところ、ラミレジィはふふんと鼻を鳴らして「四月二日。アラン様の誕生日から拝借させていただきましたわ」と自信満々に答えた。

公にしていない蘭の誕生日をどうやって知ったのかはわからないが、エドガーはラミレジィの情報収集能力に、畏怖と尊敬の念を抱かずにはいられなかった。

「エドガー様」

と、エドガーの背後から、コバルトブルーの海のような透き通った声が放たれた。

どういうわけか、今回の旅に同行しているサポートＮＰＣのソーニャだ。

「ラミレジィ様から連絡が来ております。すでにサンフォスタンに到着しているようです。サンフォスタンの酒場へ来るように、と」

「わ、わかったよ」

ソーニャはエドガーに一礼すると、彼女の肩に乗っていたカラス――ティンバーのサポートＮＰＣとなにやら会話を始めた。

今回のトレーニングという名の南国旅行に、サポートＮＰＣを同行させようと言い出したのは、企画発案者であるすずだった。皆のサポートＮＰＣを同行させれば、賑やかになってより楽しくなるはず、というのが理由だったが、エドガーはあまり乗り気ではなかった。

ソーニャを他人、特にすずと会わせたくなかったからだ。

「エドガーくん、ラミレジィさんたち、酒場にいるみたい」

「うん、俺にも連絡がきた」

「私、迎えに行ってくるね。エドガーくんにメグたちをお願いしてもいいかな？」

呆れた笑みを携えたまま、すずが浜辺を指さした。

南国の海を楽しんでいるプレイヤーたちの中、ヤマブキとアンドウの首根っこを捕まえ、ずるずると引きずっているメグと、そんな彼女たちを見てゲラゲラと笑っているウサの姿が見える。

メグやウサをそっちのけで、ヤマブキは女性に声をかけたのだろう。一緒に捕まっているアンドウは、ヤマブキのとばっちり。いつものパターンだ。

「わかった。問題を起こさないように見張っておくよ」

今回はサポートＮＰＣを同行させるため、パーティを組んでいない。

つまり、仲間うちでもお互いにダメージを与えることができるのだ。

ＰｖＰトレーニングを前に、メグの怒りの鉄拳でアンドウあたりがホームハウス送りになる未来が容易に想像できる。

メグに頼めば、ラミレジィたちの協力がなくても練習になるのではないか。

ふとエドガーがそんな馬鹿らしいことを考えていた矢先。

エドガーの目に映ったのは、ソーニャをじっと見ているすずの姿だった。

「エドガーくんのサポートＮＰＣ、ソーニャさん、だっけ？」

「そ、そうだけど」

すずに名前を呼ばれたことに気がついたソーニャが淑やかに会釈した。

「ん～、誰かに似ていると思うんだけど、誰だっけ？　思い出せない」

「……ッ！」

　エドガーは脳天に一撃を食らったような錯覚に陥ってしまった。

　プレイヤーを援助するサポートＮＰＣは、ドラゴンズクロンヌのアカウントを作った際に自由に設定できるキャラクターだ。装備はプレイヤーと同じように、ゲーム内通貨やリアルマネーを使ってカスタマイズできるが、髪型や顔立ちなどは初期設定から変更することができない。サポートＮＰＣの髪型や顔立ちに関しては、課金でいいので変更できるようにして欲しいとエドガーは本気で思っていた。

　何を隠そう、ソーニャのモデルは……憧れのすずだったからだ。

「髪型とか可愛いし、すごい私好み」

「そそ、そうかな。でっ、でも、勢いでデザインしたから、どど、どこかの女優さんとか意識しちゃったかも、しれないなあ」

　声が上ずってしまうエドガーだったが、すずは全く気がついていない様子だ。

「女優さんかあ。でも、もっと身近にいるような気がして……わっ」

「すずさん！」

　エドガーはすずの両肩を掴むと、むりやりソーニャから視線を剥がす。

「そんなことよりも、はやく！　ラミレジィたちの！　ところに！」

「えっ？　あ……うん、そうだね」

　すずは鬼気迫るエドガーの表情に気圧されたようで「メグたちをお願い」と言伝を残すと、ぱたぱたと街の中心地へ駆けていった。

エドガーは、到着したばかりだというのに、どっと疲れが噴き出してしまった。その場にへたりこまなかったのは、微笑(ほほえ)みながらこちらを見ているティンバーの目があったからだろう。

「やはりお前は面白い男だな」

「……楽しんでくれているようで、俺も嬉しいよ」

重いため息を添えてエドガーが答える。

次の定期船が到着したらしく、サンフォスタンの港にマリンベルの音が跳(は)ねる。

そして、メグに張り手を頂戴(ちょうだい)したのか、とばっちりアンドウの痛々しい叫(さけ)び声が響き渡ったのだった。

＊＊＊

すずがラミレジィに依頼したのは対人戦トレーニングだったが、行うことはそのもの普通のＰｖＰである。つまり、練習といえども、負ければホームハウス送りになるのだ。

勝った方のチームが相手のアイテムを拾えるため、装備を失う心配はないが、倒すか倒されるかの緊張感があるのは変わらない。

それは、この模擬戦に参加している放課後ＤＣ部全員が感じていることだった。

「アンドウ、ヤマブキ、フラッグ発見したよ」

鬱蒼(うっそう)とした森林地帯に立てられた赤いフラッグ――

そのフラッグを雨水が滴り落ちる草木の陰から注意深く見ているのはメグだ。

「了解。警戒しろよ、ヤマブキ」

「うるせえ。お前もミスんなよ、アンドウ」

メグの位置から数メートル離れた木陰に身を隠すアンドウとヤマブキがお互いを戒める。

メグたちがいるこの森は、サンフォスタンの街から徒歩で一〇分ほど歩いた場所にある、「アネラの大森林」と呼ばれている場所だった。

アネラの大森林は、いわゆる熱帯雨林気候の森林型ダンジョンで、年中降り注ぐ雨で気温と湿度が高いという特徴を持つ。

この日も高い気温によって蒸発した雨が霧となって辺りに滞留し、最悪の環境を作り出していた。

「ふたりとも集中しなさい。ティンバーさんとすずを呼ぶから、到着次第アタックかけるよ」

「つーか、敵の姿全然見えねえな」

「これ、待ち伏せしている感バリバリじゃね？」

最悪の環境に愚痴をこぼすように、ヤマブキとアンドウが吐き捨てる。

そんな彼らに呆れながらも、メグは彼らと同じく多少の苛立ちを覚えていた。

模擬戦は敗者復活戦を想定して、設置したフラッグを奪取するか、相手チームを全滅させたチームが勝利というルールでスタートした。

メグの苛立ちの原因は、模擬戦スタート早々に苦しめられていたからだ。

彼女たちを苦しめている相手は、この最悪の環境だった。

『メグ：ティンバーさん、すず。フラッグ発見したから前進して』

しきりにきょろきょろと周囲を見渡すアンドウとヤマブキを横目に、メグが後方で待機しているティンバーとすずにクランチャットを送った。

『ティンバー：了解した。今からすずとそっちへ向かう』

『すず：メグ、気をつけてね。相手は手練だよ』

『メグ：わかってるってば』

小さくため息を吐きながら、メグは雨の雫が滴り落ちる前髪を小指でかきあげた。

視界が悪く、おまけに居心地も悪いこの場所から、今すぐにでも逃げ出したくてうずうずしているメグだったが、この環境はこちらに味方していると考えていた。

アランのファンクラブであるラミレジィのチームは全員が侍だ。

単発火力は高いが、体力は低く、盗賊のような身を隠すスキルは持ち合わせていない。

視認性が悪い状況は盗賊の独壇場なのだ。

ふたりが到着した後、盾役のヤマブキとアンドウがフラッグに近づき、罠を確かめるのが最善の策だろうとメグは考えた。

もし攻撃を受けたとしても、すずの回復魔術を使えば問題ないだろうし、自分の【隠密】スキルを使えば、逆に背後から不意打ちをかけられる。

しかし、不安要素がないわけではない。

メグたちがフラッグを見つけたということは、向こうも発見していておかしくない。それに、前衛だけのパーティという長所を活かし、力任せにフラッグを奪いにくる可能性も高い。

　相手からの襲撃を警戒して、後方でティンバーたちを待機させたのが失敗だったかも。

　焦ったメグが「早く来て」とティンバーたちを急かそうとした、そのときだった。

「おい、アンドウ、あれ」

　雨音の隙間を縫ってメグの耳に届いたのは、驚いたようなヤマブキの声だった。

「あれってラミレジィさん、だよな？」

　茂みの中から現れた、着崩した赤い着物を着たショートヘアの女性。

　まちがいなく、ラミレジィだ。

「メグさん、どーするよ？　あのままだとフラッグ取られちまうぞ」

「え、う……そうだね」

　まさか堂々と現れると思ってなかったメグは、顔に焦りの色をにじませてしまう。

　そして、即座に判断ができなかった。ティンバーとすずが到着しておらず、こちらの準備が整っていないからだ。

　だが、現れたラミレジィは一歩、また一歩と彼女の着物と同じ真紅に染まったフラッグに近づいている。

　最初に決めたルールでは、フラッグが取られた時点で試合終了だ。

　今、ヤマブキとアンドウが出れば、ラミレジィにフラッグを取られることはないだろうが、周囲から一斉に攻撃を受ける可能性がある。回復役がいない状況で、単発火力に特化した侍の集団から攻撃を受ければ、盾役（タンク）のヤマブキでも危険だろう。

「考えてる暇ねえぞ。行かなきゃやべえだろ、これ」

と、判断できないでいるメグを見かねてか、アンドウが身を隠したまま剣を構えた。

ラミレジィはもうフラッグの傍まで来ている。アンドウが言うとおり、もう動くしかなかった。

「ヤマブキはラミレジィさんのタゲ取ってッ！　アンドウは攻撃ッ！」

メグに返答する前に、ヤマブキとアンドウは動いていた。

先陣を切るように、ヤマブキが草陰から飛び出す。辺りにたちこめている乳白色の霧がカムフラージュになったのか、ラミレジィの反応が一瞬遅れた。

「相手はこっちだッ！」

即座に発動する、ヤマブキの【喊声（かんせい）】。

敵のターゲットを自身へと向ける騎士（ナイト）のスキルだ。Ｍｏｂと同じく、【喊声（かんせい）】はプレイヤーにも効力を発揮（はっき）し、攻撃ターゲットを固定することが可能だった。

「あら、ヤマブキさん」

腰に帯刀した刀を抜きながら、ラミレジィが妖しく笑う。まるで獲物を前にした肉食獣のように舌なめずりをし、刀の切っ先をヤマブキに向けた。

と、その瞬間。

ヤマブキとは逆側の濃霧の中から現れたアンドウが、剣を振りかぶった。

「おらあああッ！」

スキルを使わない、通常攻撃。力任せに振り下ろすアンドウの縦斬り。

「甘いですわ」

それを予想していたのか、ラミレジィは身体の軸を横にずらすと、アンドウの剣を難なく躱した。

だが、アンドウに動揺はない。ラミレジィの刀は【喊声】の影響でヤマブキに向けられたままだからだ。

「おらおらおらッ！」

アンドウが一心不乱に攻撃を繰り出す。

反動を利用した斬り上げ。

横へのなぎ払い。

そして、高速の突き技【ファント】――

だが、その剣はラミレジィの刀に捌かれ、彼女の体力を奪うことができない。

「ヤ、ヤマブキ！」

「ちっ、なさけねえヤツだな！」

盾を構えたまま剣を抜き、ヤマブキが援護に入る。

彼がラミレジィに放ったのは、斬撃ではなく盾による体当たり――

相手を一時的に行動不能にさせる【よろめき】の状態異常を与える【シールドバッシュ】だ。

「足が止まったところを狙え、アンドウ！」

「了解ッ！」

【シールドバッシュ】がラミレジィにヒットした瞬間、衝撃が周囲の空気を震わせた。

ぱしんと弾ける水しぶき。ぐらりとラミレジィの身体がゆれ、その足が止まった。

「おらッ！」

アンドウが【ファント】を放つ。

突き出したアンドウの剣が濃霧を斬り裂き、ラミレジィの左肩を捉えた。

瞬間、血しぶきのようなヒットエフェクトが舞う。

「ッしゃあ！」

「いい連携ですわね！　でも」

アンドウから受けたダメージを気にする様子もなく、ラミレジィが身を捻（ひね）った。

攻撃のモーション。

だが、アンドウは構わず再び剣を振り上げた。

【喊声（かんせい）】の効果は継続中で、ラミレジィの刀はヤマブキに向けられたままだからだ。

しかし——

「おらあああ……ぐげッ!?」

再び散った水しぶきと派手なヒットエフェクト。

アンドウは後方に吹き飛び、ぬかるんだ腐葉土（ふようど）の上に転倒していた。

「……な」

アンドウの身に何が起きたのかわからなかったヤマブキは、一瞬攻撃の手を止めてしまう。

「女性から目を離すなんて、あなたらしくありませんわね、ヤマブキさん！」

その隙を逃すラミレジィではなかった。わずかなそれを狙って、最大の攻撃を放つ。

納刀し、即座に抜刀。侍の最速の斬撃【薄刃陽炎】。

咄嗟に身を引いたヤマブキだったが、その斬撃はヤマブキの頸部を斬り裂く。

ヤマブキの体力はごっそり減り、瀕死状態であることを示す赤い警告色が点灯してようやく停止した。人体急所を狙った攻撃は、通常攻撃よりもダメージが大きいクリティカル判定になる。腕力ステータスが高い侍の火力によるクリティカル判定が、ヤマブキを一撃で瀕死に追い込んだのだ。

「くそっ！」

ヤマブキは急いでアイテムインベントリを開いた。

インベントリ内に格納されている回復薬をタップし、取り出す。

だが、ヤマブキは指を止めると盾を投げ捨て、ラミレジィへ捨て身の攻撃を仕掛けた。

彼女の手がフラッグに伸びていたからだ。

「させるかッ！」

刹那、ヤマブキとラミレジィの刃がかちあった金属音が響く。

「油断も隙もあったもんじゃないな。手癖の悪い女子は嫌われるぞ」

「回復を諦めたのは賢明ですわ、ヤマブキさん」

ヤマブキの剣とラミレジィの刀は交差したままぴくりとも動かない。

腕力ステータスは、相手に与えるダメージに直結するものだが、腕っ節の強さには影響を与えない。つまり、ドラゴンズクロンヌにおいて、レベルに差があろうとも肉体的能力差はないのだ。

「でも、動揺は隠しきれていませんわね。なぜアンドウさんが攻撃を受けたのか疑問に思っているでしょう？　ターゲットは自分が引きつけているはずなのに、と」

ヤマブキは思わず顔をしかめてしまった。それを疑問に思っているのは事実だった。

そして、それが原因で彼はラミレジィに致死ダメージを受けてしまったのだ。

「その答え合わせは後ほど。そうですね、こんなジメジメとしたところではなく、爽やかな浜辺でやりましょう」

「つまり、このまま俺たちを倒して終わらせる？」

その言葉にラミレジィが笑う。ヤマブキも笑みを見せた。

「気が早い子だ。まだ勝負は終わってないのに」

「瀕死の状態でも崩れない心の余裕は称賛に値します。ですが、あなたはもっと周りを見るべきですね」

「周り？」

「あら。おかしなところに気がつきません？」

ヤマブキは、目の前のラミレジィの青い瞳を睨みつけたまま、周囲の気配を探る。

そして、周りに仲間の気配がないことに気がつき、視界の端に浮かんでいるパーティメンバーの体力を見て唖然としてしまった。

「ま……ッ」

「さすがはティンバーさん、と言うべきでしょうか。『せみまる』と『ウェンディ』は犠牲になりましたが、すでにそちらのパーティは、ヤマブキさん以外……全滅していますよ」

ラミレジィの言葉が真実であると証明するように、ヤマブキの背後の茂みから黒い着物を着た女侍がふたり現れた。

ヤマブキは、アンドウや不意打ちを狙っているはずのメグが一向に加勢に現れないことを訝しんでいたが、まさかやられているとは思ってもみなかった。

そして、そんな思い込みがパーティメンバーの体力を見落とす原因となったのだ。

「さて、どうしましょう？　負けを認めるなら、このままサンフォスタンに戻りますが？」

ヤマブキの残り体力はあとわずか。数的にも優位なのはラミレジィのチーム。この状況をひっくり返すのは無理だろう。

しかし、ヤマブキは剣を引かなかった。

「このまま負けを認めたら、男じゃねえ……ってカッコよく言いたいところだけど、逃げたら後でメグさんに何を言われるかわからないからな」

「それは、賢明ですわね」

ラミレジィが微笑む。

その瞬間、ラミレジィは刀を水平に傾け、ヤマブキの剣を受け流した。ヤマブキの体勢が前に崩れるが、なんとか踏みとどまり、転倒するという醜態を避けることはできた。

だが――

「くっそ」

振り向いたヤマブキの目に映ったのは、【上段】に構え【袈裟斬り】のモーションに入っていたラミレジィの姿。そして首筋に冷たい刃を感じた瞬間――

ヤマブキは自身のホームハウスに無装備の状態で転送されていたのだった。

＊＊＊

素材や消費アイテム、装備などが欲しい場合は、ＮＰＣが店主を務める店舗やオークションを利用するのが一般的だが、もうひとつ重要な流通チャネルがある。

それが、プレイヤーの運営する露店、いわゆる「ソーシャルショップ」だ。

ソーシャルショップは、サポートＮＰＣが店主となる個人店舗だが、その特徴は街だけに限らずフィールドやダンジョンにも設置できるところにある。

つまり、危険なダンジョンやオークションハウスが設置されていないような小さな村でも、プレイヤー相手に商売ができるのだ。

特に、その場所では手に入らないアイテムを販売しているようなソーシャルショップは重宝される傾向にある。アイテムインベントリいっぱいにアイテムを入れ、世界を股に行商を行うプレイヤーも少なくない。

プラージュ諸島にある南国の街サンフォスタンは、オークションハウスが設置されておらず、ソーシャルショップで賑わっている街のひとつだった。

「おーい、エドガー」

空いた時間を利用し、掘り出しものがないかソーシャルショップ巡りをしていたエドガーの耳に、ヤマブキの声が飛び込んできた。

「あれ、ヤマブキ？」

曇った表情で現れたヤマブキは、鎧を装備していない無装備状態。

それを見て、エドガーはトレーニングの結末がすぐに想像できた。

「もしかして、もう終わったのか？」

「……『もう』って言うんじゃねえ。これでも結構ねばったんだぜ」

エドガーが時計に目をやったところ、すずがラミレジィたちとアネラの大森林に向かってから三十分ほどが経過していた。

実力が拮抗しているプレイヤー同士でも、十分たらずで決着がつくことが多い。

チーム戦とはいえ、ラミレジィたちを相手に三十分持ちこたえたのはいい方なのかもしれない。

「最後まで残ったのはヤマブキ？」

「そう。先にホームハウス送りになったメンバーは向こうに集まってる」

ヤマブキが指差した先。浜辺にいく人かのプレイヤーが固まっているのが見えた。

「装備を返してもらって、それからトレーニングのレビューをしてくれるらしい。対戦してわかった俺らの弱点とかを細かく」

「なるほどな。それで、ラミレジィと戦った感想は？」

「まあ、普通に強かった。俺の喊声が効かなかったのは意味わかんなかったけど」

「効かなかった？」

ソーシャルショップの店主に小さく会釈しつつ、エドガーが訊ねた。

「俺とアンドウでラミレジィさんの相手をしたんだけど、ターゲットを取ったはずなのにアンドウが攻撃を受けたんだよな。侍にそんな特殊なスキルあったっけ？」

「ああ」

状況を聞いて、エドガーはすぐにピンときた。

「それって多分、範囲攻撃だ」

「範囲攻撃？　範囲攻撃って、複数の敵に攻撃できるスキルのことか？」

「そう。ターゲットを取られてても、範囲攻撃なら他のプレイヤーに攻撃ができる。騎士や戦士がいるパーティと戦うときの基本だ」

範囲攻撃は、単体攻撃のスキルよりもダメージは低くなるが、周囲を囲まれた状況や、相手が数で勝る状況、そして、自身のターゲットを固定されたときに効果を発揮する。

そういった「対戦のコツ」はPvPにおける基本なのだが、対人戦の経験が乏しいヤマブキたちが知らなくても仕方のないことだろう。

「そうか。範囲攻撃を使えばターゲット固定を無効化できるんだな。Mob戦と違って、対人戦はターゲットを取っても安心できないってわけか」

「とはいえ、回復役（ヒーラー）に被害が及ばないように、ターゲットを固定させるのは必須だ。相手が範囲攻撃を使ってくるかどうか見極めるまで、パーティメンバーに不用心な行動は控えてもらうべきだな」

そのことを対戦前に説明しておくべきだったかと思ったエドガーだったが、妙に納得したようなヤマブキの表情を見て、逆に説明しなくてよかったと愁眉（しゅうび）を開いた。

キャラクターのレベルやスキルと違い、プレイヤーの知識やテクニックは、漠然と戦闘をしているだけでは身につかないことを、エドガーは知っていた。

一番伸びしろがあるのは、勝った負けたの前に、なぜ自分が勝ったのか、負けたのかを冷静に分析するプレイヤーだ。理由がわかれば工夫ができ、工夫があれば、目的を持って反復練習ができる。

頭を使わない努力は簡単に裏切る、というのが、これまでエドガーが学んできたことだった。

「それにしても、普通だったら最初にやられるはずの盾役（タンク）のヤマブキが最後まで残るって、乱戦にでもなったのか？」

「まあ、なんつーか、ラミレジィさんひとりにかき回されたって感じだな。俺とアンドウ、メグさんで前進してたんだけど、フラッグの近くでラミレジィさんと出くわしてさ。後方待機してもらってたティンバーさんとすずさんを呼んだんだけど、到着する前に戦闘になっちまった」

「前衛と後衛の距離が開きすぎてたのか」

後衛プレイヤーを戦闘に巻き込まないようにするのは重要なことだが、戦闘に参加するまで時間がかかるほど離れるのも、非常に危険な状況だと言える。回復職や強力な攻撃力を持つ後衛アタッカーが戦闘に参加できず、さらに、離れている後衛が襲われたときにすぐに援助に行けなくなってしまうからだ。

ラミレジィ以上に対人戦の経験値が高いティンバーがいながら、そんな初歩的なミスをするなんて。そう思ったエドガーだったが、自分が考えていたように、今回はあえてミスをさせるように仕向けたのかもしれないと推し量った。

「すずさんとティンバーはどんな戦いを？」

「後方待機していたふたりは、こっちに移動してる途中で襲われたらしい。完全に不意打ちだ」

「アンドウとメグさんは？」

「アンドウは、ラミレジィさんの範囲攻撃を受けて別のプレイヤーに止めをさされた。メグさんは……」

と、そこで言葉を濁らせるヤマブキ。

どうしたのかと首を傾げるエドガーだったが、ヤマブキは「あれを見たらわかる」と言いたげに、浜辺に視線を送った。

天高く昇る太陽が照りつける美しい浜辺。水着姿のプレイヤーたちがちらほらと見える中、鎧や軽装具を身にまとい、周囲から少し浮いているすずたちが見えた。

異様なほどうなだれているメグが、すずに慰められている。

エドガーは直感した。

「もしかして、Ｍｏｂに絡まれたとか？」

「お前すげえな。なんでわかんだ」

「はは」

エドガーは苦笑いを返す。

それも、経験が浅いプレイヤーに多いミスだった。目の前にいる敵プレイヤーに注意を向けすぎて、周りの状況確認がおろそかになってしまうのだ。

「メグさん、迂回(うかい)してラミレジィさんの背後を取ろうとしたみたいなんだけど、運悪くＭｏｂに遭遇しちまったらしい」

「まあ気にする必要はないと思う。ＰｖＰの経験が浅いプレイヤーによくあることだからな」

「それ、俺じゃなくて、メグさんに言ってやれよ」

と、何かに気がついたのか、ヤマブキが突然足を止めた。

彼の視線の先では、こちらの姿に気がついたのか、ラミレジィが小さく手を上げている。

その近くでは、アンドウが普段では見られないような真剣な眼差(まなざ)しで、ラミレジィのクランメンバーらしき女性に接近戦のレクチャーを受けていた。

そして、アンドウたちの隣。

同じく女性の侍と話していたティンバーの陰に、こちらを見ているウサの姿があった。

「あ、ししょお！」

獲物を見つけた猛獣のように、ティンバーの陰から飛び出したウサは、まっすぐエドガーの方へと走り出した。

「な」

こちらに突っ込んでくるウサの姿を見た瞬間、エドガーはぎくりと身をすくませ――飛びついてきたウサをひらりと躱した。

「ぐえっ」

エドガーに躱されたウサは、顔面から砂浜にダイブしてしまった。

「なんでよける！」

「うるせえ！　いきなり飛びついてくるからだろ！　つーか、なんだよその格好！」

「うっへっへ～どうです、可愛いでしょ？」

砂まみれの顔で、くるりとまわってみせたウサ。彼女が着ていたのは、いつもの侍の軽装備ではなく、フリルの付いた可愛らしいビキニの水着だった。

「うーむ、確かに可愛いけど、俺のストライクゾーンからは外れてンな」

そうぼやいたのはヤマブキ。エドガーもその意見に賛成だった。

どちらかというと幼児体型であるウサの水着姿は、セクシーというよりもアブない香りがする。

「Twinkling の課金装備らしいんですけど、ティンバーさんがいっぱい持ってるからあげるって！　もしかしてティンバーさんってリッチメン……じゃなくて、リッチガールなんですかね？」

「知らねえよ」

吐き捨てるように答えるエドガーだったが、ティンバーが Twinkling の課金装備を持っている理由は知っている。Twinkling とスポンサー契約を結んでいるクロシエのサブキャラであるティンバーなら、腐（くさ）るほど持っていて当然なのだ。

しかしと、こちらを見ながら笑顔を覗（のぞ）かせているティンバーを見て、エドガーは思う。

ただでさえ面倒なのに、ウサのテンションをさらに上げるような真似（まね）はしないでほしい、と。

「余計なことをするな」と睨（にら）んでやったエドガーだったが、彼女は肩をすくめただけだった。

「さて……それでは、ヤマブキさんとエドガーさんが来たところで」

そう言ってラミレジィは、クランメンバーたちに声をかけはじめた。

どうやら何人かはログアウトの時間らしい。すずやアンドウ、ティンバーに短く挨拶（あいさつ）したのち、彼女たちはふわりと光の粒になって消えていった。

「先程の対戦のレビューといきましょうか」

「あんま聞きたくねえけどな」

アンドウがそうぼやいた。

「素直じゃない男性は嫌われますよ、アンドウさん」

アンドウを一瞥（いちべつ）したラミレジィが笑顔で返した。

先程レクチャーを受けていたアンドウの様子だと、自ら色々と質問を投げかけたのだろう。ぼやくアンドウが一番アドバイスを聞きたいはずだと、ラミレジィもわかっているのだ。

「総括としては悪くないと思いますよ。前衛後衛のバランスがよく、魔術師（ウィザード）のティンバーさんを中心とした攻撃力は申し分ないと思います。現にこちらのメンバー二名がやられてしまいましたし」

「え、マジすか？」

「マジですわ、ヤマブキさん。あなたとアンドウさんの連携は悪くありませんでした。最後、私にやられはしましたが、諦めないガッツも素晴らしいと思いますわ」

ラミレジィに褒められ、ヤマブキは頬を緩める。

「ですが」

ラミレジィの表情が、瞬時に硬くなる。

「経験不足なのは否めませんね。盾役のヤマブキさんはスキルをもっと活用して前面に出るべきですし、アンドウさんはヤマブキさんではなく、アタッカーのメグさんと連携を取るべきでした」

そして、そこからこと細かくラミレジィのダメ出しが始まった。

先程エドガーがヤマブキに話した「パーティ戦でターゲットを取る注意点」から、「前衛後衛の連携のとり方」に至るまで。

その内容は、エドガーでも興味をひかれるほどで、すずに「動画で記録しておいた方がいい」とアドバイスした。すでに放送枠を購入し、動画記録していたすずはさすがだった。

「敗者復活戦までもう時間がありませんので、個人の弱点を克服することは難しいでしょう。できることは連携強化……そうですね、ヤマブキさんとすずさん、アンドウさんとメグさんでペアを組んで、連携のトレーニングを行うのが一番いいと思いますわ」

「私はどうすればいい？」

「ティンバーさんはパーティの司令塔です。見たところ対人戦の経験が豊富な様子ですし、咄嗟の出来事にも柔軟に対応できますでしょう？」

「……ああ、可能だ」

ラミレジィの口からすらすらと出てくる的確なアドバイスに、ティンバーも驚いている様子だった。ラミレジィとティンバーは対峙していないはずなのだが、空気感でティンバーが熟練者であることがわかったのだろうか。

もしかすると、ラミレジィは観察眼にとてつもなく優れているのかもしれない。

「という感じでよろしいでしょうか？　エドガーさん」

「え？　……あ、うん、とてもいいと思う。ありがとう、ラミレジィ」

「かまいませんわ。では、本日はこれで終了、ということで」

そう言ってラミレジィは、メニューウインドウを表示させ、いくつか操作を行った。

エドガーが時計を見たところ、二十一時を回っていた。ラミレジィが現実世界でどんな生活をしているのかわからないが、ログアウトする時間なのだろう。

このお礼は後日するべきかとエドガーが思った、そのときだった。

しゅわり、とラミレジィの姿が光の粒に覆われたと思った瞬間、その光の向こうから赤い水着を着た彼女が現れた。

「はい？」

思わずエドガーはすっとんきょうな声を上げてしまった。

もちろん、ウサのそれと違い、水着姿のラミレジィがとても妖艶だったからというわけではない。

「えーと、どういうこと？」

「それを聞くのは無粋、というものですわ、エドガーさん」

そして、呆気に取られているエドガーを嘲笑うように、ティンバーやメグ、そしてすずの身体も同じ光の粒で覆われていった。

「お、おおっ」

ヤマブキの目が爛々と輝き、アンドウの鼻の下がだらしなく伸びているのがわかった。

エドガーたちの目の前に現れたのは、可愛い水着に着替えた放課後ＤＣ部の女性たちだった。

「あのね、エドガーくん。ラミレジィさんと話したんだけど、南の島に来たんだし、海を楽しんでからログアウトしようって」

少し恥ずかしそうに、すずがはにかむ。彼女が着ているのは、白い肌に映える黒と白のストライプ柄の水着。

控えめに言って南国に咲く胡蝶蘭だ、とエドガーはヤマブキじみた言葉を心の中で囁く。クラスのアイドルである彼女の水着姿を見た人間などそういないだろう。トレーニングにプラージュ諸島を指定したラミレジィに感謝しなくてはならない。

「つーわけで、気分入れ替えて泳ごうっ！」

「うっきゃ～！　海海海ッ！」

先程まで太陽すら逃げ出しそうな陰鬱な空気をまとっていたメグが、ウサの手を取り、波間に向かって走り出した。

「ま、リアルで海行けンのはまだ先だし、楽しまなきゃ損ってやつだよな」

笑顔のアンドウは、すでにスイムウェアに着替えている。

エドガーにも見覚えがある水着。

アランが着ていたＤＩＣＥのローライズスイムウェアだ。

バレンタインのときの課金装備と言い、アンドウは結構お金をつぎ込んでいるらしい。

「おら、エドガーも早く着替えろよ」

「俺はいいよ。水着は持ってないし」

「はあ⁉　南国行くのに水着持ってきてないとか、お前アホかよ！」

「かあ～、仕方ねえな！　優しいヤマブキ様が予備で持ってきたやつを貸してやるから！」

黒い水着姿のヤマブキの手には、オブジェクト化された水着らしきアイテムが握られている。

「いや、貸さなくていいから」

「あ、私もエドガーくんの水着、見たい」

「……え？」

いつのまにそこにいたのか、引っ込み思案ながら、すずが会話に交じってきた。

「ほら、すずさんもそう言ってるし。な？」

「いやいやいや、ちょっと待って色々おかしいだろ」

先日、グラビア撮影でクロシエとともに水着になったとはいえ、現実世界の自分を知るクラスメイトたちと仲良く水着ではしゃげるほど、エドガーはまだ心が強くないのだ。

押し問答をくりかえすエドガーたちの姿が面白かったのか、すずの笑い声が辺りに広がっていく。

そして、ヤマブキに強引にウインドウ操作をさせられていたときだ。

「エドガーさん」

名を呼ぶ女性の声が聞こえた。

呼んだのは、少し呆れたような表情でこちらを見ているラミレジィだ。

「何をしていらっしゃるのですか？」

「え、いや、別に」

二人羽織のように、ヤマブキにウインドウ画面を操作されていたエドガーの手が止まる。

「男性陣の皆さんにひとつお願いしたいことがあるのですが、よろしいでしょうか」

「ええ、何でしょう？　一緒に泳ぎたいというお願いなら喜んでお受けしますよ」

そう答えたのは、きりと表情を引き締めたヤマブキだった。

答えた瞬間、アンドウが怪訝な視線でヤマブキを睨む。

「それも魅力的ですが、別のお願いです」

ラミレジィは微笑みながら、ふと浜辺の奥を指さした。

「ま、まさかラミレジィさん、俺と人気のない場所で」

「トロピカルドリンク」

「愛をはぐくむ……え？」

「トロピカルドリンクを皆さんで飲みにいきませんか？」

煩悩丸出しのヤマブキの言葉を一刀両断したラミレジィ。

ラミレジィが指差す先に見えるのは、ＮＰＣが運営する店――真夏の海にぴったりな爽やかなトロピカルドリンクが販売されている「南国の雫」というカフェだった。

「トロピカルドリンク？」

「ほら、せっかくサンフォスタンに来たんですし、すずさんも飲みたいでしょう？　サンフォスタン名物のトロピカルドリンク」

「え？　わたし？　ん～と……」

突然話を振られ、困惑するすずだったが、もじもじとしつつも、小さくはっきりと頷いた。

なんとも可愛い仕草だ。だが、エドガーは素直にその誘いを喜ぶことができなかった。とても魅力的で艶やかなラミレジィの笑顔の裏側に、なにかよからぬ企みを感じてしまったからだ。

「別に、いいけど」

エドガーと同じく、何かを感じたのか、ヤマブキの口調からいつものおちゃらけた感じはしない。

「よかった。それでは……ごちそうになりますわ」

「ぶっ」

意表を突いたラミレジィの一言に、エドガーは思わず装備変更ボタンをタップしてしまった。

瞬間、キラキラと光の粒が身体を覆い、ヤマブキと同じ黒いスイムウェアを着たエドガーが現れた。

「あら、ヤマブキさんとおそろいですね」

「おいヤマブキ！　なんでお前、同じ水着を俺に渡してんだ……ってそんなことよりも、ラミレジィ、ごちそうさまってなんだ⁉」
「ああそうだ、すずさんも一緒にごちそうしてもらいましょう」

「え、私も？　いいの？」

「ええ、もちろん。サンフォスタンのトロピカルドリンクはフルーティで美味しいですわよ」

「うわあ、楽しみ！」

エドガーたちの反応を気にすることなく、笑顔ですずの手を取り、おすすめのメニューを話しながら南国の雫へと歩き出すラミレジィ。

なぜか奢ることになってしまったエドガーたちは、ぽつねんとその場に立ちすくんでしまった。

拒否したいが拒否することができない。

見え隠れしている「拒否するととんでもないことが起こりますわよ」という威圧感が、哀れな男たちの口を閉ざしてしまう。

ラミレジィは小悪魔ではなく、魔王だ――

彼女の背中を見つつ、エドガーはそう思ったのだった。

＊＊＊

南国の香りが漂うカフェ「南国の雫」は、サンフォスタンビーチに来たプレイヤーが必ず訪れるほどの人気スポットだった。

この場所でしか販売されていない【ブルーハワイ】や【ラバフロー】など、現実世界でも人気があるトロピカルドリンクが購入できるからだ。

ビーチ側のオープンテラスに設置されているデッキチェアに腰かけ、トロピカルドリンクを片手に、プラージュ諸島の美しい海を眺めるのが最高の贅沢。

この場所は、「クレッシェンドシーサイドヒル」や「死者の枯山から望むヴェルニュート城」と並ぶ、ドラゴンズクロンヌ十景のひとつだった。

「はあ」

穏やかな空気が流れる「南国の雫」に似つかわしくない、重苦しいため息が浮かんだ。

カウンターに背を預け、オープンテラスで談笑しているすずとラミレジィを見ているアンドウの口から漏れたため息だ。

「確かにうちのクランは女性が多い。一般的に見ればうらやましい状況なのかもしれねえ。だけどさあ、だからっつって、なんで俺らが奢らなくちゃいけないワケ？」

「うるっせえな。お前はいつまでもグチグチ文句ばっか垂れてんじゃねえよ」

アンドウの隣で、カフェのメニューウインドウを眺めていたヤマブキが睨んだ。

「お前は思いやりってモンがねえからモテねえんだよ、アンドウ」

「ああ？　思いやりだあ？　俺はお前と違って『この人だ』って相手にしか優しくしねえ主義なんだよ！」

「へえ、そりゃ崇高な主義だな。崇高すぎて女子も近づかねえよ」

くつくつと肩を震わせるヤマブキ。

そんなくだらないことを話すふたりの傍で、エドガーは今すぐログアウトしたい衝動にかられていた。なぜこういうことになったのかわからないが、水着姿でおしゃれなカフェに行くことになってしまったのだ。それも、可愛い女子ふたりを連れて。元の装備に戻すことは許されない空気感と、気恥ずかしさが、エドガーの心を容赦なく痛めつける。

「ンなことよりも、エドガー。まじで心配なんだけど」

「……えっ？　なな、何？」

と、突然ヤマブキに話しかけられたエドガーは瞠若してしまう。

「何、じゃねえよ。心配だって言ってんの。お前抜きで敗者復活戦に出ンのがさ」

女性に人気、と書かれていた【ラバフロー】を人数分購入したヤマブキが、代金を店主に渡しながら訴える。

「敗者復活戦にはさ、ラミレジィさんクラスのプレイヤーがいるわけだろ？　そんなバケモンみたいなやつらを相手に、エドガー抜きで生き残れんのかよ」

「馬鹿、一番の問題はそこじゃねえ。アランだよアラン。本物の月歩相手に、俺たちだけでどう戦えってハナシだろ」

「う、むう」

アンドウの口から放たれたその言葉に、一番陰鬱な気分になってしまったのはエドガーだ。

敗者復活戦を突破できるのは一チームだけ。どう立ち回ったとしても、放課後ＤＣ部が生き残っていた場合、ひとつの椅子を懸けて彼らと戦わなくてはならない。

もしそうなった場合、どうするか。

エドガーはその結論がいまだに出せずにいた。

「今できるのは、ラミレジィのアドバイスどおりに連携を強化することだけだ。時間もないし、プレイヤースキルを磨くのは難しい」

「まあ、それは同意だな」

エドガーの返答に頷くヤマブキ。

ラミレジィが話していたとおり、これから弱点を克服したりＰｖＰ経験を積むのは、時間を考えると難しいだろう。となると、放課後ＤＣ部が敗者復活戦を突破するために重要なのは、ティンバーが言っていた、フラッグを取ってタイムアップを狙うことだ。やむを得ず他チームとの戦闘になった場合は、数的優位を保ち連携を武器に戦う。

しかし、いざ本番となるとそう上手く行かない可能性は高い、とエドガーは思った。

見たところ敗者復活戦に参戦するチームに、名の知れたプレイヤーはいなかったが、ラミレジィがそうであるように、無名であってもテクニックに優れたプレイヤーは星の数ほどいる。

最初の戦闘でチームの要であるティンバーがやられる、なんてことは十分にありうる。

「そうだな。エドガーが言うとおり、今できることをやるしかねえ、か」

「ま、今できるのは、首を長くして待ってるお嬢様方に飲みものをお持ちすることだけどな」

冗談っぽく、ヤマブキがアンドウの肩を叩く。そして、すずたちの方を見て、半ば諦めたような表情でアンドウがため息を漏らした、そのときだ。

「……ん、なんだありゃ？」

最初に気がついたのは、ヤマブキだった。

すずとラミレジィがデッキチェアに腰かけている場所。そこに見覚えのない数人の男性プレイヤーが集まっていたのだ。

「ありゃあ多分、アレだな。ヤマブキお得意の」

「俺らがいンのに声かけるとは、ふてぶてしいやつらだな」

「え？　ナンパってことか？」

三人の男性プレイヤーがすずたちの周りにいた。

三人とも、日焼けなどするはずがないこの世界で、なぜか真っ黒に日焼けしている。

ヤマブキと同じ、軽い空気をまとった三人のプレイヤー。

水着を着ているためクラスはわからないが、どうせ騎士だろうとエドガーは推測した。

かつてすずに言いよってきた「よっしー」こと伊藤良純しかり、軽い空気を放っているプレイヤーは、なぜかクラス騎士が多い。

「早く行こう。ＰｖＰに発展するかもしれない」

「え、なんで？　なんでＰｖＰ？」

アンドウがエドガーにそう訊ねた。

だが、エドガーが答える前にアンドウはピンときたようだった。

「あ、そうか。フィールドエリアだっけ、ここ」

「南国の雫」は、他人に干渉できない街のような、セーフエリアではない。

触れることはおろか、ＰＫ行為まで可能なフィールドエリアなのだ。

「いや、それだけじゃない。問題なのはラミレジィだ」

「ラミレジィさん？　なんで？」

「メグさんよりも悪魔的なラミレジィだったら、いつキレてもおかしくないだろ」

「確かに」

つい先程ラミレジィと戦った記憶が蘇ったのか、ヤマブキがごくりと唾を呑み込んだ。

そして、聞こえてきたのは、どこか鼻につく軽い男性の声だった。

「こんなおしゃれなカフェでかわいこちゃんたちと遭遇した俺らは、マジ幸運だと思うんだよね」

「あらそう。それはよかったですわね。でもあなたのような下品な方と出会ってしまった私は、不運極まりないですわ」

いつもより刺々しい口調のラミレジィに、隣のすずも気が気ではない様子。

これはいよいよまずいと感じたエドガーは咄嗟に割って入った。

「あ～、あの～、ええっと……や、やあ」

勢いで入ってしまったエドガーに、三人とすずたちの視線が一斉に集まる。

こういうシチュエーションに遭遇した経験がないエドガーは、とりあえず自分とすずたちを交互に指差し、関係をアピールする。

「誰よ、あんた？」

「何、あんたたち彼女の連れ？」

「マジか。すんげえ好みだったのに、コブ付きだったのかよ」

よくぞわかってくれた、とエドガーは安堵する。

だが、話はそれで終わり、とはいかなかった。

「ねえお姉さん、俺たちと飲もうよ。お酒奢ってあげるからさ」

「え、いや、ちょっと」

諦めが悪いひとりの男が、すずの隣に腰かけ、彼女の手を取ったのだ。

「おいあんた」

その瞬間、エドガーの空気がぴりとはりつめた。

「手を離せよ。彼女が嫌がってるだろ」

他人への干渉、特に異性への干渉は、ハラスメント行為に該当する、れっきとした規約違反だ。

そして、ドラゴンズクロンヌの規約で禁止されている行為は多くあるが、ハラスメント行為はエドガーが最も嫌う禁止行為のひとつでもあった。ハラスメント行為を受けた側のプレイヤーは恐怖を植えつけられ、例外なくドラゴンズクロンヌの世界を去ることになるからだ。

「……おお？」

と、すずに声をかけていた男が目を丸くした。

「なんか、かっけえこと言ってねえか、こいつ」

「俺らが悪者みてえだけどな」

「いや、確かにお前の顔は極悪ヅラだぜ？」

茶化し合う男たちの下品な笑い声がテラスに響き渡った瞬間、周囲でくつろいでいたプレイヤーたちがざわめきはじめた。

「あのさ」

と、不穏な空気を察してか、助け舟を送ったのはヤマブキだ。

「こいつが言ったとおり、彼女たちは俺らの連れなわけよ。だから諦めてくんねえかな？」

「これ以上騒ぎを大きくしたら、彼女たちにも迷惑だぜ」

ヤマブキに続く、アンドウ。

だが、その言葉を聞いた瞬間、スイッチが切り替わるように男たちの目の色が変わった。

「……あ〜、ダメだわ、俺。なんかこいつらムカつくわ」

「お前も？　俺も同じ」

「なあ、ＰＫっていきなりふっかけても問題ねえんだよな？」

男たちは手慣れた動きでメニューウインドウを開くと、うむを言わさず腰に片手剣を携えた。

「……ッ!?」

アンドウとヤマブキが思わず身構える。その武器を見て、エドガーも警戒の色を強めた。

どれもあまり見ないデザインの武器だ。推測するに「レア」か「レジェンダリー」クラスの武器だろう。ステータス画面を確認するまでもなく、手練だ。

「ん、ちょっと待てよ」

ウインドウ画面を開いていた男が、何かに気がついたような素振りを見せた。

「あんたらって、もしかして放課後ＤＣ部？」

「それがどうした？」

「放課後ＤＣ部って、確か敗者復活戦に出てるチームだよな？」

男の口から出た意外な言葉に、エドガーは息を呑んでしまった。

敗者復活戦に出場するチームを知っているプレイヤー。

彼らもまた敗者復活戦に出場しているに違いない。

エドガーのその予想を裏付けるように、男たちが嬉々とした表情で騒ぎはじめた。

「マジか！　こんな可愛い子も出てんのか！　俺、めっちゃやる気出てきたぜ！」

「おもしれえ。こりゃ前哨戦ってやつだな。他の出場チームがどんなモンか……やろうぜ？」

そして、男たちが一斉に剣を抜く。

周囲で静観していたプレイヤーたちが巻き添えを恐れてか、慌てて逃げはじめた。

すっかり戦闘態勢に入った彼らを前にしながらも、エドガーはどうするか悩んでいた。

カフェにいる何人かのプレイヤーは、残ったままこちらの様子を窺っている。もしかすると、彼らの中に、敗者復活戦に出る他のチームメンバーがいるのかもしれない。

その可能性があるこの状況で、アンドウたちが大立ち回りするのは得策とは言えない。

だったら――

「アンドウ、ヤマブキ、下がれ」

そう言って、エドガーが一歩前へ出る。

「あら、やるおつもりですか、エドガーさん。でしたら私も加勢しましょう」

エドガーの意図を察したのか、刀を携(たずさ)えたラミレジィがデッキチェアから立ち上がった。

この場を収めるのは、敗者復活戦に参戦しない人間がふさわしい。

つまり、エドガーとラミレジィだ。

「おもしれえ。マジであんたらに遭遇(エンカウント)できたのは幸運だったぜッ！」

男のひとりが剣を構え、地面を蹴った。

即座に抜刀するラミレジィ。

そして、エドガーが背中の両手刀「神威(かむい)」の柄(つか)に手をかけた——そのときだ。

「くらぁああああッ！」

突如、オープンテラスに凄(すさ)まじい怒号が響き渡った。

その怒号が、張り詰めた空気を一変させる。

特に、剣を抜いていた三人のプレイヤーたちの空気が一八〇度変わった。

「……ッ⁉」

どういうことか、一気に戦意を喪失した男たちは、きょろきょろと周囲を見渡していた。

一体何が起きたのかわからないエドガーも、彼らと同じように辺りを見渡してしまった。

そして、オープンテラスから一望できる、美しい浜辺を見たとき。

どういう力が地形オブジェクトに影響しているのかわからないが、ひとりのプレイヤーが巨大な砂嵐を巻き上げながら、こちらに走ってきているのが見えた。

「わがたちは、なんしよっとかあああああッ！」

「せ、せせせ、先生！」

その殺気を感じたのか、男のひとりがその存在に気がついた。

きらきらと日差しに輝く砂塵（さじん）。

その中に見えるのは、燃えたぎる憤怒（ふんぬ）の炎のように真っ赤にそまった髪。

そして、般若（はんにゃ）のような恐ろしい形相。

それが赤い髪を持つ女性プレイヤーだとわかったのは、そのプレイヤーがオープンテラスの手すりを軽々と飛び越えてきたときだった。

「まま、待ってください先生、これは」

「せからしか！　鉄拳制裁たい！」

赤いロングヘアーを逆立てた女性プレイヤーが拳を突き上げた。

空気がうねり、拳の周囲に風の渦（うず）を形成する。

それが格闘士（モンク）のスキル【烈風正拳突き】であるとエドガーが気づいたとき、男のひとりはすでに空中を舞っていた。

「ぎゃひいっ！」

「次！　ステイン！　歯ばくいしばらんね！」

「え、俺も!?　いや待って先生」

「指導お！」

「ぎゃッ！」

「次、やぶさめ！　しどおおおお！」

「どわあッ！」

あっけにとられているエドガーやラミレジィ、そしてすずたちを前に、男たちがまるで枯木のように吹っ飛んでいく。

浜辺に飛ばされた男は大丈夫そうだったが、店内に頭から再突入してしまった男は体力がつきてしまったようで、キラキラと光の粒に変わっている。

「す、すごい……」

すずの口からぽつりと驚嘆の声が漏れた。

それはエドガーですら、目を疑ってしまう光景だった。

女性が放ったのは、格闘士の【風の型】ツリーで取得できる技、【烈風正拳突き】だ。

だが、これほどの物理的慣性を働かせ、一撃でホームハウス送りにさせるようなダメージを与える技ではない。

「はあ」

女性の口から漏れたのは、重苦しいため息。

かはー、と肩で息をするその女性プレイヤーが、ウサと同じモーム種であることに気がついたのは、いくらか彼女が落ち着き、逆立つ髪がしなりと降りたときだった。

「ほんなこて、申し訳なか」

くるりとエドガーたちの方を見たその女性プレイヤーは、深々と頭を下げた。

ウサギ耳を持った赤い髪のモーム種の女性の雰囲気（ふんいき）が、がらりと変わっていた。

先程の禍々（まがまが）しい空気はなりを潜め、穏やかな雰囲気（ふんいき）をまとっている。

ウサと同じモーム種のプレイヤーだが、ウサと違うのは、しなりとなった耳に民族衣装のような軽装、おっとりとした優しそうなところだろう。

「え、えーっと、貴女（あなた）は」

気まずそうに切り出したのはすずだ。

「はじめまして。あん子たちに色々と教えとる教師（マギステル）のかぐやと言います。いつもあんな感じで女性にちょっかい出すひとたちで……本当に申し訳ありません」

興奮がおさまったのか、次第に口調から訛（なまり）が消えていく。

色々と気になるところがあったエドガーだったが、まずはかぐやが口にしたことを訊（たず）ねた。

「教師（マギステル）って、狩竜徒学校（ハンターアカデミア）の？」

「はい。あの三人は初心者救済プログラムで私たちのクランに加入した生徒なんです」

「エドガー、狩竜徒学校（ハンターアカデミア）って……なに？」

アンドウがひそひそと耳打ちで訊（たず）ねた。

「新しくドラゴンズクロンヌを始めるプレイヤー向けに用意された制度のこと。狩竜徒学校（ハンターアカデミア）に認定されたクランが初心者プレイヤーを引き取って、一定レベルまで援助するんだ」

「へえ、そんなのあんのか。知らなかった」

「あなた」

驚くアンドウに、ラミレジィが冷ややかな視線を送る。

狩竜徒学校(ハンターアカデミア)はアカウントを作ったときに利用するかどうか必ず聞かれますわよ」

「え、マジすか」

「マジですわ。数年前から始まった制度ですので、あなたも利用するかどうか選んだはずです」

「お、お前、知ってた？」

「え、えーと」

アンドウに訊(たず)ねられたヤマブキは、肩をすくめてみせただけだった。

どうせろくに確認もせず「利用しない」を選択したのだろう。

ラミレジィに苦笑いを送るアンドウとヤマブキを見て、エドガーはそう思った。

「それにしても」

と、ラミレジィが視線をかぐやへと戻す。

「いい動きですわね。今のは烈風正拳突き？」

「え？　あ、はい。そう……ですけど」

「俺が見た限り、普通の正拳突きじゃなかった。秘密はその装備か？」

そう訊(たず)ねたのはエドガーだ。

通常、同じスキルでも、レベルが違えば相手に与えるダメージは変わってくる。

だが、いくらステータスを限界値まで鍛えたとしても、【烈風正拳突き】がこれほどの威力を持つことはない。つまり、あそこまで物理的慣性を働かせるには、能力以外でダメージを底上げするからくりが必要になるということだ。

「よくわかりましたね。さすがはエドガーさんです」

優しく微笑むかぐや。

「なぜ俺の名前を？」

「同じ敗者復活戦に出るチームですから。ライバルチームは色々と調べています」

「え……つーことは、あんたも出てるってこと？」

アンドウが愕然とした表情で訊ねた。

「はい。私もチーム『狩竜徒の学舎協会』のメンバーとして参加していますよ、アンドウさん」

「ッ⁉　俺の名前も知ってんの⁉」

「私の生徒が失礼なことをして大変申し訳ないと思っています。ですが――」

かぐやの背後、吹っ飛ばされた男がよろよろと這い上がってくるのが見えた。

ステータスを見たところ、あの一撃でも致命傷まで体力は減っていなかった。

拳が叩き込まれる直前で、防御行動を取ったのかスキルを使ったのかわからないが、彼らの能力が初心者の域を超えているのは間違いない。

「敗者復活戦では正々堂々戦いましょう。私たちのクランマスターもそれを望んでいますから」

おっとりとした口調でかぐやが言う。

その言葉に、エドガーは不安を感じずにはいられなかった。

かぐやや彼女の一撃を耐えたナンパ男ですら脅威なのに、彼女たちを統べるクランマスターとくれば、アランであっても危険な可能性がある。

ふと視線を送った先、不安げな表情のすずと視線が交差した。

そしてエドガーは、突如現れた強敵を前に心に誓った。

もし、最終的に放課後DC部と対峙することになったとしても——アランですずたちをサポートしてやらねばならない、と。

＊＊＊

プラージュ諸島でのトレーニングから三日後。

蘭たちが春休みに入った最初の日、ドラゴンズクロンヌの世界は異様な熱気に包まれつつあった。

KOD予選で惜しくも一〇〇位に入れなかった二〇チームによって争われるバトルロイヤル戦——敗者復活戦がいよいよ始まるからだ。

敗者復活戦に出ることができるのは、事前に登録した七名から選出した五名だけだ。

残りの二名は配信されている放送を見ながら、自らのチームを応援することになる。

勝ち抜き形式で行われるグループトーナメントでは、リザーバーの二名は戦闘以外のサポート、例えばチャットを活用し、戦っているチームメンバーにアドバイスができる。

だが、敗者復活戦は全く違った。

グランドミッションと同じように専用フィールドで行われる敗者復活戦では、外部との通信手段が全てシャットアウトされる。つまり、どんな不測の事態が起ころうとも、五人の知識とテクニックで乗り越えるしか方法はないのだ。

「さて、と」

敗者復活戦のフィールド、砂漠エリアで、乾燥した風に白銀の髪をなびかせるひとりのプレイヤー。

不運にも敗者復活戦送りになったチームフォーチュンのメンバー、アランだ。

周囲には生命の息吹を感じさせない砂漠が広がっているだけで、アラン以外のチームメンバーらしき姿はない。

チームフォーチュンのメンバーを手配したのは五十嵐だ。グループトーナメントでアランに活躍してもらうため、予選を突破することだけを目的としたチーム編成だった。

要は、アラン以外の六人は予選終了時までのメンバーで、アランは敗者復活戦をひとりで戦わなくてはならないのだ。

五十嵐曰く、どうやら予選で予期せぬ事態が起こったらしい。

一日のほとんどを仮想現実世界で過ごしているような廃人プレイヤー六人を手配していたが、予選が始まって早々、執拗な妨害工作を受けたというのだ。

その結果、フォーチュンは予選で敗退かというところまで追い詰められてしまった。

なんとか敗者復活戦枠に残ることができたのは、六人の廃プレイヤーとしてのプライドがあったからだろう。

「あー、どうも。どういうわけか敗者復活戦に参戦することになった、アランだ」

動画配信画面に自分の姿が映っていることを確認したアランが、リスナーたちに軽く挨拶をした。

途端に、配信ウインドウに表示されていた視聴者数カウンターがかたかたと動き出す。

敗者復活戦は今回から導入された「チームによるバトルロイヤル戦」だ。

ひとつの椅子を懸けて二〇チーム、合計一〇〇人ものプレイヤーが同時に戦うという未知の戦いに、どんなバトルが見れるのかと、ソーシャルメディアを中心に様々な憶測が飛び交っている。

いつもはグループトーナメントからスタートする公式生放送が、敗者復活戦から行われることになったことから、その話題性は相当のものだと想像できる。

アランにとって、それは嬉しい誤算だった。

先日ランキングが三位に落ち、リスナーの数は減るだろうと予想していたが、放送を始めて、それは杞憂だとわかった。

視聴者数カウンターは、あの覇竜ドレイク戦の配信と同等、五桁を軽く超えたのだ。

「すごいな。たくさんの視聴ありがとう。みんなの期待にそえるように頑張るよ」

アランの言葉に、「待ってました」「ぶっちぎりで優勝して」などといったリスナーからのコメントが次々と流れていく。

「先に言っておくが、四本のフラッグを取ってタイムアップまで逃げる、なんてことをするつもりはないぞ。きっちり他の十九チームを排除して優勝する」

放送開始早々の強気のコメントに、アランのファンリスナーたちが熱のこもった応援を送る。

それらのコメントに目を通しながら、アランは支給されている【ロスター】で、周囲の状況を確認した。

マップに表示されたのは、四方数十キロほどの専用フィールドだった。

高低差を示す波のようなマークが多い砂漠地帯の西エリアと、渓谷がある東エリア。そして身を隠す箇所が多い山岳地帯の北エリアに、広大な海に面している森林地帯の南エリアだ。

アランがいる位置は、周囲を見渡してもわかるとおり、フィールド西側の砂漠地帯だった。

マップをざっと確認して、主な戦闘地域は東エリアになるだろう、とアランは予想した。

隠れる場所が多い北エリアでは、予期せぬ不意打ちを受ける可能性があるし、南エリアは海を背に追い詰められる可能性がある。

そしてなによりも、運営が「東エリアで戦え」と示唆しているかのごとく、赤く光る点――フラッグが東エリアに多く設置されていたのだ。

敗者復活戦は、他の十九チームを全滅させるか、専用フィールドに設置されている七本のフラッグをすべて取った時点で勝利が確定する。

そして、もし制限時間の三時間が過ぎた場合は、もっとも多くのフラッグを所持しているチームが勝利となる。

堅実に勝ちを狙いに行くなら、一〇分ごとに【ロスター】に表示される七つの赤い点、つまりフラッグを取りにいくことだろう。

「ふむ、とりあえず一番近いフラッグに行ってみるか。早速どこかのチームと鉢合わせするかもしれないし、楽しみだ」

しかし、「楽しみだ」と言いながら、フラッグの獲得に動いている放課後ＤＣ部とも鉢合わせする可能性があるため、アランは細心の注意を払う必要があった。

サンフォスタンでのトレーニングの後、エドガーたちは敗者復活戦での作戦について意見を出し合った。ラミレジィから様々な提案があったものの、結局、議論は以前ティンバーが語った「フラッグをできるだけたくさん取って、タイムアップを狙う」というところに落ち着いた。メンバーの誰しもが、奇跡でも起こらない限りかぐやのチームやアランのチームに勝てないと考えたからだ。

だが、アランはそのことを知りつつも、フラッグを避けるわけにはいかなかった。

広大なフィールドを歩き回るよりも、フラッグを拠点に待ち構えている方が敵チームとの遭遇率は高くなり、結果、放課後ＤＣ部への間接的な援助になるからだ。

ゆえに敗者復活戦が始まる前、事故をさけるために、アランはティンバーにひとつアドバイスを送っていた。もし、フラッグの近くに白い侍が見えたら回れ右して去れ、と。

「お、早速チームを発見した……が」

隆起した小高い砂丘の頂上からフラッグの方角を見ていたアランの目に、いくつかの人影が映った。

騎士（ナイト）らしき重装備のプレイヤーに、軽装の格闘士（モンク）。長弓を装備した弓士（アーチャー）の姿もあった。

その面子（メンツ）から、放課後ＤＣ部ではないと安堵（あんど）したアランだったが、様子が少しおかしいことに気がついた。そのチームが戦っている相手は、プレイヤーではなく一匹の巨大なサソリ型Ｍｏｂだった。

「もしかしてこの専用フィールド、Ｍｏｂが配置されているのか？」

それはアランにも見覚えがある、エリュート砂丘というエリアに生息している「アラクオン」と呼ばれている巨大なサソリ型Ｍｏｂだった。

このＭｏｂの特徴である強靭（きょうじん）な甲殻は、生半可な攻撃を全てシャットアウトし、毒針攻撃【ヴィルレンススティング】は【猛毒】【麻痺（まひ）】などの厄介な状態異常を誘発させる。

これはまずい状況だ、とアランは胸中で吐（は）き捨てた。

Ｍｏｂが配置されているのは、特定の場所にこもってタイムアップを狙うチームが現れないようにする対策だろう。

だが、Ｍｏｂに絡まれたチームはかなりの確率で脱落することになる。巨大なＭｏｂとの戦闘はかなり目立ってしまうし、なにより戦闘中は周囲への警戒がおろそかになってしまうのだ。

この状況は、フラッグを取ってタイムアップを狙う放課後ＤＣ部にとって喜ばしいことではない。

「……リスナーのみんなに訊（たず）ねようか」

放課後ＤＣ部の件はとりあえず胸の中にとどめ、アランは放送に集中した。

「これからあのアラクオンと戦っているチームを襲って全滅させるか。それとも予定どおりフラッグを目指すか。どっちがいい？」

ウインドウ画面に問いかけるアラン。

そしてしばしの沈黙ののち、コメント欄に「後ろから行け」「あのチームを血祭りにあげろおおお」などといった荒々しいコメントが流れてきた。

「なるほど、俺に卑怯な手を使ってほしいってわけだな」

アランはにやりと笑みを浮かべると、腰に携えた白銀の刀、天羽々斬を音もなく抜刀した。

濡れたように輝く美しい白刃の刀に、コメント欄に熱気がこもる。

だが、アランは熱気を帯びた彼らの期待を華麗に裏切った。

「残念。俺は後ろから襲うなんて卑怯な真似はしない。やるなら……正々堂々とだ」

そう言って、アランは天羽々斬を天高く掲げる。

その瞬間、雲ひとつない空から大地を照らし続ける太陽が、アランの白刃を黄金色に輝かせた。

このまばゆい光は、はるか遠くでアラクオンと戦うチームに、己の存在を知らしめるに十分なものだった。

「よし。こっちに気づいたところで、行こうか。アラクオンともども斬り捨ててやるからな」

アランは砂丘を勢いよく滑りおりはじめた。

不意打ちなど使わず、正面から勝負を仕掛ける潔い戦闘スタイルに、コメント欄が狂喜の渦に呑み込まれたのは言うまでもない。

ざざざ、と風が舞うように、アランがアラクオンとの距離を詰める。

巨大なアラクオンはもとより、プレイヤーたちの顔まではっきりと認識できる距離に来た。

アランが刀を構える。

アラクオンの弱点である、甲殻の節に一太刀叩（たた）き込み、跳躍（ちょうやく）――

「ア、アランだっ！」

「マジかよ！　くっそ、始まってまだ一〇分も経ってないっつーのに！」

アラクオンの前に着地したアランの目に映ったのは、ふたりの騎士（ナイト）だった。

瞬時にアランは敵チームの戦力を分析する。

前衛は騎士（ナイト）ふたりに、格闘士（モンク）。後衛に弓士（アーチャー）、聖職者（クレリック）。オーソドックスだが、多少接近戦寄りのメンバーだ。

「お前らぐだぐだ言ってんじゃねえ！　こうなったら……やるしかねえだろ！」

最初に飛び出したのは、恐怖で顔をひきつらせている格闘士（モンク）だった。

一歩、二歩。格闘士（モンク）が得意とする接近戦よりも一歩離れた間合い。

だが、その間合いで格闘士（モンク）は腰を落とし、構えた。

格闘士（モンク）のスキルツリー【天の型】だとアランは即座に判断した。【天の型】は格闘士（モンク）のスキルツリーの中で、比較的中距離戦が可能となる「発勁（はっけい）」タイプの技が多い。

「食らえ……ッ！」

格闘士（モンク）の右手が赤色に輝いた。

同時にアランが動く。

放たれた赤い衝撃波を避けるようにくるりと身を翻（ひるがえ）すと、【地走り】で格闘士（モンク）の背後へ。

不意を突かれた格闘士（モンク）の表情が凍（こお）りつく。

だが、アランの標的は格闘士（モンク）ではなかった。

「うわ！　こっち⁉」

アランが狙っていたのは、後衛の聖職者（クレリック）の女性だった。

パーティの要（かなめ）である回復職を倒せば、戦闘が格段に楽になる。

回復役（ヒーラー）から叩（たた）くのは、チーム戦におけるセオリーだ。

「甘いぜ、アラン！　お前の相手は俺だっ！」

だが、それは誰しもが考える基本的な作戦であるがゆえ、彼らは即座にアランの攻撃に対処した。

騎士（ナイト）のひとりがスキル【喊声（かんせい）】を放つ。

赤く輝く騎士（ナイト）へと、アランの身体が強制的に向けられた。

アランのスピードが殺され、ちょうど敵の前衛と後衛の間でその足がぴたりと止まる。

前方に騎士（ナイト）ふたりに、格闘士（モンク）。

そして、背後に弓士（アーチャー）と聖職者（クレリック）。

いくらなんでも無謀すぎだ、と動画配信コメント欄がざわめいた。

「よし！　そのままタゲを固定して！　あたしが背後から――」

千載一遇のチャンスだと弓士（アーチャー）が弓を構えたそのときだった。

アランの刀が美しく光った。

「ぐ……ッ」

「ぎえっ！」

「なああっ⁉」

まるで砂漠に雪が舞ったかのように、アランを中心に周囲に純白のエフェクトが舞う。

侍の範囲攻撃スキル【円月斬り】――

砂漠に散る、五つのヒットエフェクト。

意表をついたその一撃は、五人のプレイヤーの思考を一瞬停止させる。

それは、アランを前に決して見せてはいけない一瞬だった。

「さあ、カウントの時間だッ！」

空気が弾け、月が走る。

アランが光の中に身を預けたと同時に、放送のリスナーたちがアランの餌食(えじき)になっていく哀れなプレイヤーたちを数えはじめた。

「うがっ！」

『ひとりッ！』

最初はアランに【喊声(かんせい)】を放った騎士(ナイト)だった。

騎士(ナイト)の悲鳴が上がった瞬間、配信画面のコメント欄に最初のカウントが放たれた。

身構える間もなく、アランの白刃が重装の鎧の隙間に吸い込まれ、派手なヒットエフェクトの花を咲かせる。そして――

「ぐえっ！」

『ふたりッ！』

「ぎゃあっ！」

『さんに～ん！』

別の騎士（ナイト）の頸部（けいぶ）を斬った瞬間、即座に切り返し、格闘士（モンク）の背後から斬り上げる――

アランは次々とプレイヤーをなで斬りにしていく。

それは、美しい殺陣（たて）を見ているかのような光景だった。

「こ、このおおおおッ！」

雄叫（おたけ）びで恐怖を押し込め、弓士（アーチャー）が弓を引いた。

スキル【速射】。弓を引くモーションが短縮される、弓士（アーチャー）のスキルの中で最速の攻撃だ。

弓から放たれた矢が、光の速さで走り抜けるアランの身体を襲う。

だが――

「……ッ！」

『よにんめッ！』

次の瞬間、背後からの強烈な一撃に、弓士（アーチャー）は残った体力をすべて失っていた。

月歩を構成するカウンタースキル【燕返し】が発動したのだ。

アランが天羽々斬（あめのはばきり）を払った瞬間、弓士（アーチャー）が光の粒に変わり、霧散していく。

そしてアランの目は、最後の獲物へと向けられていた。

「さあて、残ったこいつを倒してひとまず終幕だな」

「……ひっ」

小さく悲鳴を漏（も）らしたのは、茫然（ぼうぜん）自失になっていた女性の聖職者（クレリック）だった。

腰が抜けてしまったのか、聖職者（クレリック）はその場にぺたんと尻もちをついてしまっている。

誰の目から見ても、完全に戦意を喪失した状態だ。

「……Adeus（またな）」

アランが放送終了時にいつも口にしているセリフを吐（は）くと、するりと白刃を鞘（さや）へと収め、鯉口（こいぐち）を切った。

【居合い】の構えから、抜刀――

だが刀が解放された瞬間、アランはくるりと身を翻（ひるがえ）した。

天羽々斬（あめのはばきり）が美しい弧（こ）を描き、その牙を剥（む）いたのは聖職者（クレリック）ではなく、アランの背後に近づいていたＭｏｂ、アラクオンへだった。

空気が弾け、砂塵（さじん）がぶわりと舞う。

アランが再び光の中へとその身を預ける。

砂のカーテンの向こうで光の帯がくるくると躍（おど）り、血しぶきのようなヒットエフェクトがいくつも舞った。

「ひいいいっ！　もういやっ！　私棄権する！　棄権するからあああああっ！」

聖職者（クレリック）の悲鳴に交ざり合う、けたたましい金属音。

凄まじい破裂音を肌で感じながら、聖職者はその場にうずくまってしまった。

そして、とてつもなく長い一分足らずが経過したのち――周囲に訪れたのは痛いほどの静寂。

「……」

砂漠に流れる乾いた風が、起き上がった聖職者の頬を撫でていく。

その風が砂のカーテンを引かせたあと――

残っていたのは、アラクオンが落としたと思しきいくつかの素材だけだった。

＊＊＊

『これは凄いぞッ！　まさに赤子をひねるがごとくというやつだ！　アラン選手がチーム『ＳＡＶＧ』とアラクオンを瞬く間に倒したッ！』

「アランってすんげえのな、やっぱし」

光を遮るどんよりとした雲に覆われた山岳地帯。

人ひとりどころか、数人が身を隠せそうな巨大な岩場があちこちにある敗者復活戦フィールド北部エリアに、公式生放送を視聴しているプレイヤーがいた。

山岳地帯付近からスタートした放課後ＤＣ部のアンドウだ。

敗者復活戦の専用フィールドにいる間、プレイヤーはクランチャットやメッセージ機能といった外部との通信手段はシャットアウトされる。それは動画視聴にも言えることで、フィールドでは参戦者が配信している放送は閲覧不能になっている。

だが唯一、公式の生放送はフィールドにいながらも視聴が可能だった。

運営による公式放送は第三者目線で配信しているため、情報が偏ることなく公平に流れるからだ。

公式生放送は【ロスター】ではわからない、他チームの生の状況が確認できる、参加プレイヤーにとって大事な情報収集源だった。

「砂漠ってことは西側か。よし、絶対行くのやめよ！」

「やめるっつってもさ、メグさん。アランが北側に来たら、俺たち終わりじゃゃね？」

そう突っ込んだのは、岩場の陰から周囲を警戒していたヤマブキだった。

「アランはフラッグを取りに行ってるっつーよりも、戦いを求めてる感じだから、じっとしてるってことはなさそうだし、北側に来るってこともありえる」

「いや、アランが戦いを求めているのであれば、東エリアに向かうはず」

そう分析したのは、配信ウインドウを閉じたティンバーだ。

「一番フラッグが多いから？」

すずが訊ねる。

すずも【ロスター】で確認したが、東の渓谷地帯には四本ものフラッグが設置されていた。

「それもあるが、単純な消去法だ。南エリアは海に面しているため退路を絶たれる可能性が高く、北エリアは地形的にＰｖＰに向いてない。アランもわざわざそんな場所には行かないだろう」

「確かに、リスクを考えると北と南は避けて当然かも」

「ゆえに私たちはここを離れ、アランがいないと想定される南部に向かう」

「そうね……って、え？　南部？」

思わずすずは、ティンバーを二度見してしまった。

チームの司令塔であるティンバーの意見を聞いていたメグも眉根を寄せている。

「えーと、どゆこと？」

「今このフィールドにいるすべてのチームが先程の放送を見ていたと考えていいだろう。そして放送を見たチームは、先程メグが言ったことと同じ感想を持つはずだ」

「感想って、西側に行くのはやめようってこと？」

「そうだ」

ティンバーが小さく頷く。

「多くのチームは危険な北エリア、南エリア、そしてアランがいる西エリアを避け、フラッグが最も多い東エリアに向かっているはず。それを予想しているアランしかりだ」

「つまり、東エリア以外はもぬけの殻っつーことか」

「そのとおりだ、アンドウ。私たちは今のうちに西エリアを経由して南エリアへ向かう。そこにあるフラッグを取るためだ。南のフラッグが取れたら、私たちが所持するフラッグは……二本になる」

敗者復活戦がスタートするまで、色々と不運が続いていた放課後ＤＣ部だったが、ここに来てようやく当たりくじを引くことができた。

敗者復活戦が始まってすぐ、ティンバーが【ロスター】で確認したところ、七本あるうちの四本が東エリアの渓谷地帯、そして残りの三本が北、西、南に一本ずつ配置されていた。

その中で、北エリアに設置されたフラッグは、放課後DC部のスタート地点のすぐ近くだったのだ。

「正直なところ、タイムアップ時に確実に勝利するため四本のフラッグを手に入れたいところだが、それは難しいだろう。他チームの動きを考えると、今から南エリアに向かって二本目のフラッグを取るのが精一杯だ」

「つまり、二本目のフラッグを手に入れて、タイムアップを待つ？」

そう訊ねたすずにティンバーは頷く。

「そうだな。ただ、公式放送を見ながら状況に応じて作戦を変えていく」

「公式放送を？」

「ロスターにはどのチームが何本フラッグを持っているか表示されない。だが、公式放送は今のところ、フラッグを取る瞬間を放送しているだろう？」

ティンバーの説明にすずはしばし考え、はたと何かを思いつく。

「……あ、そっか。動画をチェックしていれば、どのチームが何本フラッグを取ったかわかるってことだ」

「特定のチームが二本以上フラッグを持っているなら、リスクを承知でもう一本取りに行く。均等にばらけるようだったら、すずが言うとおりそのままタイムアップを狙う」

「なるほどな。あ、今アランが西エリアのフラッグを取ったぞ」

公式放送に食いついているアンドウが、どこか気の抜けた言葉を返す。

「フム。西エリアのフラッグはフォーチュンが取ったか。先程『Matchmakers』というチームが東の渓谷(けいこく)地帯の一本を取っていた」

「私たちが北の一本を取ったから、残りは東に三本、南に一本だね」

そして、ほとんどのチームはその三本のフラッグを奪い合うために東へ向かっている。

勝負は時間。状況を把握した全員がそう考えた。

「動画を見る限り、このフィールドにはＭｏｂも配置されているようだ。移動時には特にアクティブなＭｏｂに警戒を強めて欲しい」

「もし他のチームとばったり出会ったら？　特にフォーチュンとか……あのかぐやってプレイヤーが所属してる学舎協会とか」

不安げにヤマブキが訊(たず)ねた。

先程ティンバーが話したことはあくまで推測であり、現実は全く違う可能性もある。

全チームがティンバーと同じ考えを持って南エリアに向かうことも十分にありえるのだ。

「もちろんすぐに逃げる。そのときはメグが頼りだ」

「え？　アタシ？」

「逃走スキルを豊富に持っているだろう？　ラバスタ林地でこの私を撹乱(かくらん)してみせたように、煙幕砂塵(さじん)を使いまくれ」

「……ッ」

少し棘のある言葉に、なんとも味のある表情を返すメグ。

「メグさん、逃げるの得意そうだもんなあ」

つい余計なことを口走ってしまったアンドウは、即座にメグにつま先を踏み潰されてしまった。

「パーティ組んでるから痛くねえ」と余裕の表情を見せるアンドウ。

だが、メグが「こいつぶっ殺すから、パーティから外して」とティンバーに依頼したため、アンドウは平謝りするはめになった。

「と、とにかく西側に向かおう。もうすぐロスターにフラッグの位置が表示される時間だし……ほら、メグも確認して」

アンドウに蹴りを入れているメグをなだめながら、すずがそうまとめた。

まもなくスタートして三〇分が経過する。

一〇分おきにフラッグの位置が表示されていることを考えると、もうすぐ【ロスター】にフラッグの位置が表示される時間だ。

「よっしゃ、南にはまだ残ってンぞ」

「西にはフラッグなし。東も残り三本。予想どおりだな」

マップに表示されていたフラッグの位置は、一〇分前と変わらない。その位置を確認したアンドウとヤマブキはウインドウを閉じた。

「では作戦どおり、西エリアを経由して南エリアに向かう。すずは放送をチェックしてくれ。先頭はヤマブキ。殿(しんがり)はアンドウだ」

「了解！」

巨大なタワーシールドを構え、ヤマブキが岩場から身を滑(すべ)り出す。

その後をメグ、ティンバー、すずの順で追い、後方警戒しつつアンドウが最後尾を務める。

いまにも落ちてきそうな鉛のような空と、灰色の陰影に覆い尽くされた山岳地帯を背に、ティンバーたちは西エリアの砂漠地帯へと向かった。

＊＊＊

大会には魔物が住んでいる、という言葉がある。

一度きりの勝負という緊張感に押し潰(つぶ)され、いつもの実力が発揮(はっき)できなかったときに使われる言葉だ。当たり前だが、大会に本当に魔物など棲(す)んでいるわけはなく、出場選手が魔物に襲われてパフォーマンスを発揮(はっき)できなかったという話ではない。

それはいわゆる、ただのたとえ話。

だが、ＫＯＤ敗者復活戦には正真正銘、本物の「魔物」が棲(す)んでいた。

グループトーナメントに出場できるかもしれないという希望を胸に、時間の許す限り練習に明け暮れたプレイヤーたちを、その魔物は簡単に絶望のふちに叩(たた)き落とした。

魔物の名は――アラン。

この世界で知らないものはいない、絶対的なプレイヤースキルを持った魔物だ。

『さあ、いよいよKOD敗者復活戦も佳境といったところですが、やはり予想していたとおり、東エリアは乱戦状態になりましたね、ムラサメさん』

『ええ、予想どおりの展開という感じですね。優勝候補筆頭チームのフォーチュンが、アラン選手ひとりという驚きのスタートでしたが、相変わらず圧倒的な技術を見せつけてくれますね』

『実は、アラン選手の戦いを生で見るのは初めてなんですが、いやあ、噂どおり頭ひとつ抜けている感じですね』

『そうですね。手段を選ばず、いかにして彼を止めるかが、敗者復活戦で勝つポイントになりますよ』

「……へえ、なるほどね」

ウインドウに流れていたKOD公式生放送を見ながら、アランは苦笑いを浮かべた。

実況のアンドレアの隣りに座っていたムラサメという蝶ネクタイの男は、推測するに大会の解説者なのだろう。

手段を選ばず、いかにしてアランを止めるかが勝利のポイント。

ムラサメが言ったことは間違ってはいない、とアランは思った。

敗者復活戦が始まり、すでに数チームと戦ったが、どのチームもアランを止めることはできなかったからだ。

高さ百メートルほどの柱状節理の懸崖に囲まれた、新緑豊かな渓谷地帯にアランはいた。

そして、くるぶしほどの深さの沢に立つアランの背後にあるのは三本のフラッグだ。

一本は西エリアでアランが得たもの。

そしてあとの二本は、たった今アランに挑んできたチーム「ザ・ギガント」と「Matchmakers」が落としたものだ。

『しかし、七本あるフラッグのうち、三本がアラン選手の手にあるわけですよね。これっていわゆる王手状態じゃないんですか？』

どこかに公式放送用のカメラがあるのか、アランが立つ沢を俯瞰で見下ろしているアンドレアがムラサメに訊ねた。

『そうとも言えないですよ。アラン選手は三本のフラッグを地面に置いてますからね。ロスターに定期的に位置が表示されているはずです。今のところアラン選手が圧倒していますが、ひっきりなしに腕に自信のあるチームが襲ってくるはずです』

『手元のリストによれば、前回決勝トーナメントに進んだチームもいるようです。数的優位を上手く突いて戦えば、まだまだチャンスはある、というわけですね』

アランがこの場所で三本のフラッグを地面に置いたまま戦っている理由がそれだった。

公式生放送でアランがひとりだけのチームだと公にされたことから、腕に自信があるチームなら数的優位で勝機があると、この場所へやってくる。

敗者復活戦勝利にリーチをかける三本のフラッグと、アランを倒す大金星チャンス。

その餌に多くのチームが食いついている間であれば、放課後ＤＣ部は楽にフラッグを獲得してまわれる、とアランは考えていた。

「さて、次はどのチームが来るかねえ」

西エリアで、アラクオンと「ＳＡＶＧ」という変な名前のチームを倒した後、アランは「ザ・ギガント」と「Matchmakers」、「ローズリップ」というチームを全滅させている。

そのかいもあってか、アランの放送視聴者数は未だ増加を続けている。

アイテムインベントリに入れてある【回復薬】と、スタミナを回復させる【元気薬】のストックは十分あった。これまで戦ったチームレベルの相手であれば、あと一〇チームほどは余裕で排除できる数だ。

「もし誰も来なかったら場所を移動するかな。もう少し南の方に行けば、森林地帯で地理的にも戦いやすくなるだろうから、きっとたくさんのチームが来るだろう」

と、アランが【ロスター】を開き、マップで移動先の場所を確認しようとしたときだった。

アランの目に、沢の上流から向かってくる幾人かのプレイヤーの姿が見えた。

先頭にふたりの騎士。その両翼に侍と戦士。姿が見えないことから推測するに、もうひとりは後衛職だろう。

超攻撃的なパーティ構成だとアランは思った。

そして、ようやく現れた好敵手を迎え撃とうと、腰に携えた刀に手をかけたとき。

背後からぱしゃりと、水を踏む音が放たれた。

「……へえ」

超攻撃型のパーティが向かってくる方向とは逆。

沢の下流に見えたのは、上流の彼らと同じくこちらに向かってきている別のパーティ。

『おおっと、これは面白い展開になってきましたよ』

上空からこの状況を見ていたアンドレアが、興奮気味に語る。

『他のチームがアラン選手と戦っている隙を狙って、フラッグを奪おうという作戦でしょうか？ムラサメさん？』

『その可能性はありますね。フラッグを奪うのが目的であれば、なにも危険を冒してアラン選手と戦う必要はありませんからねえ』

そうきたか、とアランは感心してしまった。

フラッグを奪うだけならば、地面に転がっているフラッグを拾って、己のアイテムインベントリに格納すればいいだけの話なのだ。

別のチームが戦っている最中なら、そのチャンスはいくらでもあるというわけだ。

『問題はどちらのチームがアラン選手に先に仕掛けるか、ですが……ああっと!?』

と、ムラサメが驚嘆の声を上げた。

『これはどういうことでしょうか』

『これはもしかして、ですよ』

どこか嬉しそうなムラサメの声に、アランは嫌な予感に苛まれた。

そして、周囲を見渡す。

上流下流どちらのチームも変わらないスピードで、ゆっくりアランの方へ向かっている。付近の状況には何も変わりはない。緩やかな沢が流れているだけ。くるぶしほどの水かさにも変化はない。だが、ただひとつ。その異変にようやくアランは気がついた。

変化があったのは、アランの周りではなく、両側にそびえ立つ懸崖だった。

左右の懸崖の頂上で、ざっと見て四チーム……二〇人ほどのプレイヤーがアランを見下ろしていたのだ。

「ハッ、これは予想外の展開だな」

アランの笑顔で、放送を見ていたリスナーたちもようやく状況が呑み込めたのか、ざわめきはじめた。

懸崖の頂上から見下ろしていたプレイヤーが魔術詠唱に入る。

それが、高所から降りた際にダメージを無効化させる魔術【カディーテ】だとわかったとき、公式放送にムラサメの嬉々とした声が乗った。

『私、先程言いましたよね！　手段を選ばず、いかにしてアラン選手を止めるかが、勝利のポイントだと！　彼らはすでにそのことが理解できていたようですね！』

『これはバトルロイヤル戦ならではの光景だッ！　共闘ッ！　これは掟破りの打倒アランの共同戦線だッ！』

アンドレアの叫びが、始まりの合図だった。

左右の懸崖から【カディーテ】を受けたプレイヤーが次々と跳躍するのがアランの目に映った。

背後の三本のフラッグをアイテムインベントリに格納し、アランが身構える。

それは、目の前の敵にのみ集中するという意識の表れ。つまり、本気で戦うという意思表示だ。

「三〇対一……面白いッ！」

アランはこれほどのビハインドを背負って戦ったことはなかった。

三〇人を相手する乱戦でどんな結果が待ち受けているのか。

それはアランにも想像できなかった。

その想像もできない戦いを前に、アランは思わず身悶（みもだ）えしてしまう。

これこそが、ドラゴンズクロンヌの醍醐味（だいごみ）。

アランが求めている、「やるかやられるか」のひりひりとした「死合い」だからだ。

「うらあぁあぁああッ！」

前後左右、同時に襲いかかってきた、戦士（ファイター）らしきプレイヤー。

スタミナ温存のために、アランは月歩ではなく身のこなしと刀で防御する。

水平斬りを避け、縦斬りを捌（さば）く。

金属がかちあう音が、川波の音に混ざる。

「食らえッ！　ウォーターバレットッ！」

続けざまに魔術師（ウィザード）の魔術がアランを襲う。

認識してからの回避行動では避けきれない連続攻撃。

被弾しつつもアランは致命傷を避け、彼らの怒涛（どとう）の攻撃を受け流していく。

『息をつく暇もない攻撃！　だが、アラン選手、避ける避ける避ける避けるッ！』

　これほどの人数を相手に、アランにはもはや作戦も何もなかった。

　後方で待機している聖職者を狙おうにも、六チーム分の聖職者がいることになる。はっきりいって、セオリーどおりに戦うのは無意味だ。

　アランが狙っていたのは、連携の隙だった。よく知るチームメンバーならまだしも、即席で組まれた共闘チームの連携は貧弱であると考えていた。

「そこだッ！」

　魔術師の【雷系】魔術【ボルテージュ】が放たれた瞬間。まばゆい光が辺りを照らしたときを狙い、アランは刀の向きを切り替えした。

　相手に最大のダメージを与えるため、アランは惜しみなくスタミナを使う。

【中段】構えの突き技【尖突】――

　ダメージが大幅にアップするクリティカル率が高いスキルだ。

　研ぎ澄まされたアランの集中力によって放たれた【尖突】が、戦士の頸部に吸い込まれる。両手に手応えを感じた瞬間、派手なヒットエフェクトが舞った。

　だが、それだけでは終わらない。

　刹那、再び切り替えす。

【尖突】をキャンセルして、同系統のスキル【斬り込み】へ。

　すぐ隣で剣を振りかぶっていた別の戦士の、肩から脇腹にかけて振り抜かれるアランの刀。

【紅蓮威綱四連撃】の三太刀目、【天昇】で戦士が天高く舞い上がった。

「こ、このおおおッ！」

背後の戦士が、片手斧をアランの背中へと振り下ろした。

背中からの不意打ちによるクリティカルダメージを狙った攻撃。

だが、斧がアランの背中をとらえたと思った瞬間、青い光の帯が踊り、斧を持った戦士の体力を食らった。


攻撃を読んでいたアランが、カウンタースキル【燕返し】を発動したのだ。

『おおおおッ！　凄い！　凄すぎるッ！　一瞬で三人のプレイヤーを倒したッ！』

『今のは尖突からの中段構えコンボですね！　テクニックとしてはそう難しくないものですが、あの乱戦で確実に人体の弱点を狙えるのはアラン選手だけでしょう！　いやあ、こんな戦いが生で見れるなんて、私、幸せですよお！』

興奮抑えきれないアンドレアとムラサメは、前のめりになってアランの戦いに傾倒していた。

『しかあし、まだ勝負は終わらないぞッ！　倒されても倒されても共闘チームの手は止まらない！　数こそ力！　数こそ暴力だあッ！』

たったひとりのアランに押される彼らだったが、このままやられるだけの存在ではなかった。

倒れたプレイヤーがホームハウスに戻る前に、次のプレイヤーがアランに襲いかかる。

被害を顧みず、仲間の屍を乗り越える彼らの攻撃の手は緩まない。

流れが次第に変わりつつあるのが、アランにもわかった。

厄介（やっかい）だったのは、体力が多く防御スキルを持った騎士（ナイト）が多くいたことと、両側にそびえ立つ懸崖（けんがい）の存在だった。

共闘チームは地形を利用し、後衛職、特にパーティの要（かなめ）となる聖職者（クレリック）が、懸崖（けんがい）の上から前衛に絶え間なく援護の魔術をかけているのだ。

聖職者（クレリック）によって援護を受けた騎士（ナイト）を一撃で葬（ほうむ）り去るのは難しかった。

そして、三〇人いたプレイヤーが半分ほどにまで減ったとき……ついに状況が逆転した。

アランが下がりはじめたのだ。

「アランが退（ひ）いたぞッ！」

「聖職者（クレリック）、強化魔術（バフ）だ！」

騎士（ナイト）たちの身体が青く光り、剣筋がさらに鋭くなる。

聖職者（クレリック）の強化魔術（バフ）のひとつ、攻撃スピードがアップする【ラピディオ】だ。

『おおっ、ここで共闘チームが一気に攻勢に出たッ！』

『これはアラン選手マズいですよ！　攻撃を食らいはじめました！』

攻撃スピードの変化で回避タイミングがずれてしまったのか、アランに騎士（ナイト）たちの剣がヒットしはじめていく。

これまで誰もが見たこともない苦戦しているアランの姿。

その姿に興奮しているのは、アンドレアたちだけではない。

アランを倒すべく共闘チームを組んだプレイヤーたちも同じだった。

「行ける、行けるぞッ！」

「俺たちアランを倒せるのかっ⁉」

「魔術師（ウィザード）も魔術を出し惜（お）しみしないで！　スタミナを使い切る勢いでやって！」

「おおっ！」

ここが勝負どころだと言わんばかりに、騎士（ナイト）たちを援護するように、魔術師（ウィザード）が次々と魔術を放つ。

アランの回避能力を考えてか、連続して放たれるのは詠唱時間が短い初級魔術だ。

【水系】魔術の【アイスランサー】に【炎系】初級魔術の【フレイムボール】、【水系】初級魔術の【ウォーターバレット】――

一撃一撃は軽い魔術だが、細かいダメージが積み重なり、じりじりとアランの体力を奪っていく。

『ああッ！　ついにアラン選手、追い詰められてしまった！　これはいよいよピンチだ！』

共闘チームの猛攻に後退を続けていたアランは、いつのまにか懸崖（けんがい）に追い詰められていた。

もはや下がる場所はどこにもない。

左右と正面、体力を十分に残した三人の騎士（ナイト）が、強化（バフ）魔術の重ねがけを受け、突貫してきた。

「終わりだ、アラン！」

剣を振りかざすのは三人同時。

たとえ月歩でひとりがやられようと、残ったふたりが確実に仕留めるというシンプルな作戦だ。

アランが負ける――

誰しもがそう思った、その瞬間だった。

『共闘チームの攻撃が、アラン選手にクリーンヒットおおお……おおぉおお!?』

『ええッ!?　これは……どういうことですか!?』

その光景を見ていた皆が、時間が止まったと錯覚してしまった。

身を屈めたアランの前で、剣を構えている三人の騎士全員の動きがぴたりと止まったのだ。

『何起きたんだッ!?　コレは一体何が起きたッ!?』

『アンドレアさん、あれは「麻痺」状態ですよ！　彼ら状態異常の麻痺状態になっています！』

ムラサメの解説に、公式放送のコメント欄が騒然としていく。

その話を聞いたアンドレアも、リスナーたちも、全く同じ意見だった。

『麻痺、ということは、まさか侍のスキル「みね打ち」を発動させたということですか!?』

『……ええ、ええ！　アンドレアさんの言いたいことはわかりますよお！』

あり得ない、という表情でムラサメは続ける。

『あの一瞬でみね打ちを放つのは不可能です！　発動モーションは全く見えなかったですし、三人同時ですからね！』

侍のスキル【みね打ち】は、相手に麻痺の状態異常を与える攻撃だが、アランであろうとも発動モーションをなくすことなどできないのだ。

一体どんなトリックを使ったのか。

アランの動きを注視していたアンドレアたちよりも驚きを隠せないのは、【麻痺】の状態異常を受けた当の騎士たちだった。

「な、なんで……いつの間に」

ゆっくりと立ち上がったアランが、銅像のように固まっている騎士(ナイト)たちを指で軽く押しのけた。指ひとつ動かせないまま、三人の騎士(ナイト)たちはその場に倒れてしまった。

「少しは楽しんでもらえたようだな」

沢に身を沈める騎士(ナイト)たちを見下ろしながら、アランは笑みを浮かべた。

「あのまま君たちを完膚(かんぷ)なきまでに倒してもよかったが、それじゃあ盛り上がらないだろう？　だから少しばかり演出させてもらった」

「え、演出？」

「見てわからないか？　俺が『不屈』を発動してることに」

いつからそうなっていたのかわからないが、アランの身体はぼんやりと赤く輝いている。

スキル【不屈】――

瀕死(ひんし)時にすべてのステータスが強化される侍のスキルだ。

「君たちの攻撃を甘んじて受けて俊敏性(しゅんびんせい)を強化させ、動作を飛躍的に向上させた俺は……キャンセルした」

『ま、まさか！』

声を上げて反応したのは、耳を澄ませてアランの説明を聞いていたムラサメだった。

『キャンセルですよ、アンドレアさん！』

『……え？　キャンセル、とはなんでしょうか？』

『やはりアラン選手はスキルをキャンセルしていたんです！　Ｗｉｋｉに書かれていたとおり、月歩はスキルのキャンセルによって強引につなげられた技だったんですよ！　これは重大な事実が明らかになった瞬間ですよ！』

歴史的瞬間です、と興奮するムラサメだったが、話の内容が理解できないのか、アンドレアはぽかんと彼をみつめたままだった。

「居合の薄刃陽炎（うすばかげろう）から中段構えのみね打ちにつなげた。誰の目にもわからず、見切ることができない麻痺（まひ）攻撃……そうだな『騒速（そはや）』とでも名付けようか」

侍の最速攻撃である【居合】構えの【薄刃陽炎（うすばかげろう）】をキャンセルし、【中段】構えの【みね打ち】につなげる。

アランがあの一瞬で三人を麻痺（まひ）状態にしたからくりは、月歩と同じ、通常なら決してつながることがないスキルキャンセルによる連続技だった。

「さて、盛り上がったところで、続きをやろうか？」

「うっ」

三人の騎士（ナイト）を眼下に、残った数人のプレイヤーたちに刀を向けるアラン。

沢に身を沈めたままアランを見上げる騎士（ナイト）たちは、倒されたわけではない。

このまましばらく時が流れれば、状態異常は回復し、再び攻撃を再開できるだろう。

だが、残った共闘チームのプレイヤーたちは動けなかった。

千載一遇（せんざいいちぐう）のチャンスを逃した彼らは、完全にアランに畏怖（いふ）していた。

じり、とアランが詰め寄った分、残ったプレイヤーたちは後ずさる。

そして、アランが彼らに襲いかかろうとしたときだった。

「実に見事であったッ！」

まるで空気が破裂したのか、と思うほどの声が渓谷に轟いた。

その声の主が、懸崖の上に立つひとりのプレイヤーだと気づくのに、アランはしばしの時間を要してしまった。

「……誰だ？」

懸崖の頂上。

聖職者たちが布陣していたその場所に、ひとりのプレイヤーの姿があった。

このプレイヤーが格闘士であることが、すぐにわかった。

その男が彼ら特有の軽装、それも、いかにも古びた道着を着た、修行僧のようないでたちだったからだ。

スキンヘッドと顎を覆う髭。

片目を眼帯で隠したその男は、仏門に入った「入道」のようだった。

「三〇人でひとりを襲うなど、卑怯極まりない行為だと憤慨しておったが……ふうむ、儂が手を貸すまでもなく退けるとは、さすがアラン殿だ！　わっはっは！」

その男が豪快に笑う。

慌てている傍らの聖職者たちを見る限り、どうやら共闘しているプレイヤーではなさそうだ。

「まずは名乗らせてもらうぞ、アラン殿！」

遠くでもはっきりと感じる暑苦しい男の空気に、アランは嘆息する。面倒なのでこのまま去ってしまおうかと思ったが、続けて放たれた男の言葉に、その考えは一瞬で消えてしまった。

「儂は学園長ッ！　クラン『狩竜徒の学舎協会』のマスターであるッ！」

髭で覆われたその口から放たれた大雑把な言葉。

学園長というのが、プレイヤーの名前なのか肩書なのかわからなかったが、それよりもアランは彼の口から豪快に放たれたクラン名に驚きを隠せなかった。

狩竜徒の学舎協会――

記憶違いでなければ、サンフォスタンで出会ったかぐやが所属しているクランだ。

「剛の者アラン殿！　儂がここへ来た目的はひとおつ！　お主との一騎打ちだッ！」

図太い学園長の声が、やまびこのように渓谷に反響する。

学園長が求めるものは、アランが持つ三本のフラッグでもなく、アランとともに懸崖の頂上を見上げる共闘チームを倒すことでもなく、真っ向からのＰｖＰだった。

「さあ！　正々堂々勝負しようではないかあ！　アラン殿ッ！」

アランにはしばし熟考する時間が必要だった。

懸崖の頂上に立つ学園長の周りには、両耳を押さえて鬱陶しそうにしている共闘チームの聖職者たちしか見えず、かぐやたちの姿はない。

一騎打ち、と言っていたことから、学園長は単身この場所に乗り込んできたのだろう。

なんとも大胆で豪快な男だ。あのかぐやの性格は学園長ゆずりなのかもしれない。

だが、それよりも――

「やかましい男だ」

とりあえずそのうるさい声のトーンをいくらか落として欲しいとアランは思ったのだった。

＊＊＊

暑苦しい狩竜徒の学舎協会のクランマスター、学園長がアランの前に姿を現した少し前。

敗者復活戦フィールドの北エリア、山岳地帯から離脱した放課後ＤＣ部は、西の砂漠地帯を経由し、特に戦闘に巻き込まれることもなく南の森林地帯に到達していた。

南に設置されていたフラッグはいまだ誰にも奪われておらず、【ロスター】にその位置を表示させている。

すでにかなりの時間が経過しているにもかかわらず、南のフラッグが残ったままになっているのは他でもない。三本のフラッグを囮(おとり)に、アランが他チームを東エリアにおびき寄せていたから……ということもあるが、参加チームの一部が共闘戦線を張り、打倒アランのために動き出したからだった。

「フラッグってもうすぐ、だよな？」

誰にと言わずそう訊(たず)ねたのは、パーティの先頭を歩くヤマブキだった。

周囲の風景は、色気もないだだっ広い砂漠地帯から低木林地帯へと変わっているが、地面は相変わらずの砂地だ。潮の香りがときおり流れてくることから、海岸が近いのは予想できる。

【ロスター】にフラッグの位置が表示されたのが一〇分ほど前だ。

今【ロスター】に表示されているのは自分の位置だけで、記憶を頼りにヤマブキたちはフラッグを求めて足を進めていた。

「多分な。他チームと接触する可能性がある。今まで以上に警戒を怠るなよ、ヤマブキ」

「つってもよ、ティンバーさん。そろそろ急いだ方がいいんじゃね？」

パーティの殿を務めるアンドウがぽつりと返した。

アンドウが危惧していたのは、敗者復活戦の残り時間だった。

砂漠地帯から森林地帯に足を踏み入れてもう二〇分近くが経過している。計算が正しければ、敗者復活戦が始まってまもなく二時間が経つ。

制限時間三時間を生き抜き、タイムアップを狙うというのが放課後DC部の作戦だが、その作戦を成功させるには、少なくともあと二本のフラッグを手に入れる必要があるのだ。

「いや、まだ慌てる時間じゃない。公式放送を見る限り、三本がアラン、『ぱるちざん』というチームが一本、『モグモグCOMBO』というチームが一本だ」

「残ったのは南エリアの一本だけ……って、ちょっと待って、アタシたちが最後の一本取ってもフォーチュンに負けちゃうじゃん⁉」

思わず叫んでしまったメグに、ティンバーは「今気づいたのか」と言いたげな視線を送る。

「周囲警戒を今まで以上に怠(おこた)るな、と言った理由がそれだ。今現在、一本フラッグを持っているチームは私たちを含め三チームある。つまり、フォーチュンに次ぐ、暫定(ざんてい)二位が三チームいるということだ」

「……意味ない二位だけどね」

「そう。メグが言うとおり、今のままでは意味がない。だが三チームともが一位になる可能性がある。そうした場合、彼らはどんな行動を取る？」

「どんな行動……えーっと、つまり……」

すずがうんうんと考えはじめる。ここまでティンバーの隣で戦況を見つめていた彼女は、すぐにその答えにいきついた。

「南のフラッグ付近で待ち伏せして、取りに来たチームからフラッグを奪う……ってこと？」

「よくわかったな。そのとおりだ。私たちがそうしているように、同じ目的で彼らもこの森にいる可能性が高い」

アランの優勝を望んでいるチームでもない限り、どうにかして三本以上のフラッグを手に入れたいと考えるはず。勝利に近しい、一本フラッグを持っている「ぱるちざん」や「モグモグCOMBO」であればなおさらだ。

つまり、彼らは一位になるために、フラッグを取りに南エリアに来るということだ。

設置された最後の一本を得て、同じく南エリアに来ているであろう二チームから、フラッグを奪い取るために。

「ここが正念場だ。犠牲者が出るかもしれないが、ＰｖＰで彼らからフラッグを奪い取るしか勝つ方法はない」

すずの表情が瞬時にこわばり、あたりにピンと張り詰めた空気が流れた。フラッグを取得しタイムアップを狙う作戦だったとはいえ、誰もがＰｖＰになることは覚悟していた。

そのためにラミレジィに協力してもらい、トレーニングを行ったのだ。

「そういえば、学舎協会ってどーなったんだろ」

ヤマブキがぽつりと囁いた。

確かに、とすずが【ロスター】を確認する。

残っているチームの中に、狩竜徒の学舎協会の名前があった。アランや他のチームにやられることなく、このフィールドに残っているということだ。

しかし、すずの記憶によれば、公式放送で狩竜徒の学舎協会がフラッグを取得したという映像は流れていない。

サンフォスタンで見たあの強さを持ってしても、敗者復活戦を勝つのは難しいことなのか。

そう思ってすずが【ロスター】を閉じた、そのときだ。

「右前方！　プレイヤー確認！」

「ッ!?」

森の中にヤマブキの声が響いた。

即座に剣を抜き、タワーシールドを構える。

「戦士（ファイター）と侍がひとりずつ！　他は見えねえ！」

「すず、強化魔術（バフ）だ！」

「はいっ！」

ティンバーの指示で、即座にすずが防御力強化魔術（バフ）【スクタムⅡ】の詠唱に入る。

「アンドウ、メグ、迎撃用意！」

「よっし！」

「任せろ！」

最後尾で周囲警戒していたアンドウが片手剣「クラウ・ソラス」を構え、走り出す。

大会予選でエドガーが出会ったレッドネーム、レイチェルが落としたレジェンダリークラスの武器だ。エドガーによって回収されたクラウ・ソラスは、同じ戦士（ファイター）であるアンドウに渡されていた。

「ヤマブキくん！」

すずの詠唱が完了し、光の円がパーティメンバーの周囲を泳ぐと、身体がふわりと輝いた。

刹那（せつな）。ヤマブキが敵パーティの先陣と接触した。

「オラッ！　こっちだッ！」

【喊声（かんせい）】で、ヤマブキが向かってきた戦士（ファイター）と侍のターゲットを受ける。

戦士（ファイター）の剣を盾で防ぎ、侍の刀を剣でいなす。

「いくぞっ、フレイムボールッ！」

ティンバーの反撃。小さな炎の球がヤマブキと対峙しているふたりのプレイヤーに襲いかかる。

詠唱時間が短い初級魔術の【フレイムボール】を二発。

戦士（ファイター）は咄嗟（とっさ）に反応し、剣を引いたため避けることができたが、反応が遅れた侍は直撃を受けた。

攻撃の手が止まる。反撃のチャンスだ。

「アンドウ！　メグ！」

ヤマブキが叫（さけ）ぶ。

相手のパーティ構成はわからないが、攻撃を仕掛けてきたのはふたりだけ。放課後ＤＣ部は、前衛職だけでも彼らの人数を上回っている。

ここでふたりだけでも仕留めておきたい。そう考えたヤマブキだったが、彼の目に映ったのは、なぜか足を止めているアンドウとメグの姿だった。

「ッ!?　馬ッ鹿、なにやってんだ！」

「ヤマブキ！　後退してすずを防衛して！」

叫（さけ）ぶと同時に、メグはスキルを発動した。

彼女を中心に、周囲数メートルに薄墨色の砂塵（さじん）がぼふんと弾ける。

以前ラバスタ林地で逃走の際に使った【煙幕砂塵（さじん）】だ
「アンドウ、練習したとおりやってね！」

「うっしゃ！」

【煙幕砂塵（さじん）】で視界ゼロの状態で、アンドウは戦士（ファイター）のスキル、【挑発】を発動させた。

【挑発】は騎士（ナイト）の【喊声（かんせい）】と同系統のスキルだが、対象となるのは一体のみで、上昇させるヘイトも【喊声（かんせい）】と比べると低い、言わば【喊声（かんせい）】劣化版だ。

ゆえに、【挑発】は騎士（ナイト）がパーティにいる場合にはあまり使われることがない。

アンドウの目的は別のところにあった。

「……いた！　そこだッ！」

アンドウの目に映ったのは、砂塵（さじん）の奥にぼんやりと光る赤い物体。

【挑発】は【喊声（かんせい）】と違い、効果があった相手を赤く発光させる特徴がある。

つまり、【挑発】の効果された敵がそこにいるのだ。

それも、先程攻撃を仕掛けたふたり以外の敵が――

「オラあッ！」

砂塵（さじん）をかきわけ、赤く光る物体めがけてアンドウが突き技スキルの【ファント】で突貫した。

ぼんやりと赤く光っている誰もいない空間に剣を突き立てた瞬間、まるで鏡が割れていくように、周囲の景色が砕けていった。

「う……くっ……」

現れたのは、苦悶（くもん）の表情を浮かべたひとりのプレイヤーだった。

「や～っぱり盗賊（シーフ）が姿を消して来てたわね」

「メグさん予想ドンピシャ！」

とどめだといわんばかりに、アンドウが現れた盗賊（シーフ）に斬りかかる。

同じ前衛職とはいえ、打たれ弱い盗賊（シーフ）は戦士（ファイター）のアンドウの猛攻を受け、瞬（またた）く間に体力が尽きてしまった。

アンドウとメグが、ラミレジィからペアを組むことをアドバイスされ、「自分たちにできることは何か」と考えついた連携がこれだった。

盗賊（シーフ）は前衛職であるものの、騎士（ナイト）のように体力が多いわけでも、侍のように腕力が高いわけでもない。

盗賊（シーフ）は俊敏性（しゅんびんせい）に特化した特殊な立ち位置のクラスだった。その俊敏性（しゅんびんせい）を武器に、移動系スキルで敵の背後に接近し、手痛い一撃を放ったのちに離脱する。言わば「機動戦」を得意とするのが特徴だ。

メグは、敗者復活戦において注意すべき相手は、自分と同じ盗賊（シーフ）だと考えた。

侍の【地走り】に似た高速移動スキルや、一定時間姿を消せる【カムフラージュ】というスキルもある。そのため、それらを駆使すればラミレジィが模擬戦で取った「別働隊が後衛を叩（たた）く」という作戦が容易に実行できるのだ。

そんな見えない狩人への対処法として考えたのが、【煙幕砂塵（さじん）】で視界を奪い【挑発】によって相手位置を探るという連携だった。

「すばらしいぞ、メグ！」

「ティンバーさん、敵のチームがわかった！　『ぱるちざん』ってチーム！　盗賊（シーフ）中心の不意打ちを得意としてるチームだよ！」

すずが調べたところ、今、南エリアにいるであろうチームの中で、戦士（ファイター）、侍、盗賊（シーフ）が所属しているのは放課後DC部と、この「ぱるちざん」というチームだけだった。

「よし、先程現れた戦士（ファイター）と侍のどちらかがフラッグを持っているかもしれない！　逃がすな！」

「いや、その心配はなさそうだぜ」

ヤマブキがティンバーに返答した瞬間、金属がぶつかり合う衝撃音が響いた。

晴れていく【煙幕砂塵（さじん）】の向こうに見えたのは、再び剣を交えている戦士（ファイター）とヤマブキの姿。だが、先程見た侍の姿はなかった。

「おい、侍がいねえぞ！」

アンドウが叫（さけ）ぶ。

と、ティンバーの視界の端に動く影が見えた。

ティンバーの右翼。大きく迂回（うかい）してくる侍の姿があった。

ひとりが囮（おとり）となり、別の人間が後方を攻める。先程の盗賊（シーフ）と言い、彼らが取っている作戦は徹底した「後衛叩（だた）き」だ。

接近してくる侍の姿にアンドウとメグがようやく気がついたが、侍はティンバーを刀の射程距離に捉えていた。

「貰（もら）ったッ！」

侍が刀を構える。

そのまま、ティンバーを斬り捨てようとした、瞬間――

「甘いぞ、侍」

「……ッ!?」

一歩踏み込んだ侍の地面が大きく爆(は)ぜる。

地面から噴き上がった炎が侍を吹き飛ばし、尋常(じんじょう)ならざるダメージを与えた。

「い、今の何？」

「安心しろすず。私の魔術だ」

それは【炎系】の【フレイムトラッパー】という魔術だった。

【フレイムトラッパー】は特殊で、詠唱が完了してすぐ効果を発揮(はっき)する魔術ではない。地中に設置する地雷のように、仕掛けた魔術に触れたときにはじめて発現するタイプの設置型魔術だった。

「く、くそっ！」

吹き飛ばされた侍は、飛び起きると再び刀を構えた。

下がることなく向かってくる侍に、ティンバーは違和感を覚えた。

メンバー構成からすると、あと二名は盗賊(シーフ)がいるはずだが、先程アンドウが仕留めた盗賊(シーフ)以降、現れる気配はない。

もしかすると、残ったのはこのふたりだけなのではないか。

これは勝機だ。

「フレイムボールッ！」

こちらへと走りはじめた侍に、ティンバーは【フレイムボール】を放った。

さらに、スキルコンビネーションにより詠唱時間を短縮。【インフェルノ】では間に合わないと判断し、一ランク下の【エクスプロージョン】を詠唱、発現。

ティンバーのすぐ近く、何もない空間が突如破裂し、火花を上げた。

そして、それを皮切りに連鎖爆発が起こり、まるで命を帯びているかのごとく連鎖爆発は侍のもとへと向かっていく。

「……ッ！」

侍は咄嗟に身を翻すと、防御行動に移った——がすでに遅かった。

侍の軽装具に着弾した爆発は勢いを増し、周囲の環境オブジェクトに影響を与えるほどのエネルギーを撒き散らす。その一撃が、侍の残り体力を全て奪い尽くした。

「お、おお！」

きらきらと光の粒へと変わっていく侍が、ぽとりとひとつのアイテムを落とした。

放課後ＤＣ部もひとつ獲得しているフラッグだ。

「あ～、侍が持ってたのか。フラッグ」

戦士と剣を交えていたヤマブキが残念そうにつぶやいた。

「んで、どうする？　逃げるなら追わねえけど？」

「……くっ」

ヤマブキが戦士に訊ねる。

このまま戦士を倒してもいいと思ったヤマブキだったが、この先に設置されている最後のフラッグを手にするのを優先した。だが——

「ふざけんなッ！　このまま逃げたら、仲間にあわせる顔がねえ……ッ！」

相手にも、敗者復活戦をここまで戦ってきたというプライドがあった。

最後のひとりになろうとも、逃げるような真似はしない。その気概が表情ににじんでいる。

「へっ、その心意気は認めてやンぜ」

そして、ヤマブキが剣を構えた、そのときだ。

「ちぇすとおおお！」

森の中に響き渡った声。

その声がヤマブキの耳をかすめた瞬間——

目の前の戦士が海老反りの体勢で吹き飛んだ。

「ッ!?　あの人！」

「あ、あんたはッ！」

森の中で異様に目立つ赤い髪。

戦士と入れ替わるようにヤマブキの前に現れたのは、赤い髪のモーム種プレイヤー、かぐやだった。

「わがはなんしょっとか！」

かぐやが、海老反りで飛んでいった戦士を指差し、訛の利いた言葉でまくしたてる。

「どこの誰かは知らんばってん、敵前逃亡は言語道断たい！　最後のひとりになろうが、ちゃんと最後まで戦わんね！　そがんひょげた男、かっこ悪か！」

一体何を言っているのかわからないヤマブキだったが、なんとなく意味はわかるので、戦士(ファイター)の意を汲(く)む意味で、とりあえず言ってやることにした。

「……あの、さっきの戦士(ファイター)、負ける覚悟で戦うつもりだったみたいスけど」

「え？」

ヤマブキの言葉に、かぐやの垂れていた耳がぴょこんと直立した。

「だって、仲間にあわせる顔がない、って言ってましたし」

「……絶対逃げるつもりやったやん？　びびっとったとが……見えたし」

「いや、ばりっばりに戦うつもりだったスよ、彼」

そう付け加えたのは、アンドウ。

かぐやは、アンドウとうずくまる戦士(ファイター)を交互に見くらべはじめた。

そして、とてとてと戦士(ファイター)にかけ寄ると、その身体をゆすりはじめた。

「ごご、ごめんなさい！　立って！　立って最後まで戦ってくださいいいい！」

だが、背後からクリティカルダメージを受けた戦士(ファイター)は次第に光の粒へと変わっていく。「お願い逝(い)かないで」と、いろんな意味で悲しみを誘うセリフで引き留めようとするかぐやだったが、彼女にはもうどうすることもできなかった。

「……えーと」

どうしよう、と言いたげな表情で、すずがティンバーを見つめた。

突然の出来事に呆気(あっけ)にとられ、今も状況がつかめないでいるティンバーだったが、現れた強敵を前に、彼女の思考は即座にスイッチが入った。

「みんな、走るぞ！　このまま南のフラッグを取って……逃げる！」

「ん！　それ、賛成！」

その意見に賛同するメグたち。

最初にメグが走り出し、その後を追って、アンドウやすずも一目散にこの場から逃げ出した。

「……えっ、ちょちょ、ちょっと待ってくださいッ！　私と戦いましょうよ！　学園長に言われてあなたたちを血祭りに上げるために出張ってきたんですから！」

「うおお、なんかすっげえ怖えこと言ってるぞ！」

「ヤマブキくん、早く！」

全員が逃げ出したことを確認して、ヤマブキが走り出す。

そして、その後ろ姿を見ていたかぐやの空気が一瞬で変わった。

「ちょっと待たんね！　敵前逃亡は言語道断って言いよろーがッ！」

ぞわぞわと髪を逆立て、まるで鬼のような形相でかぐやが追いかけはじめる。

背後から迫る悪鬼羅刹の気配から逃げるように、すずたちは全力で森を駆け抜けていった。

＊＊＊

東エリアの渓谷地帯は、異様な空気に包まれていた。

その空気を生み出しているのは、懸崖（けんがい）の頂上で豪快な笑い声を上げている学園長だった。

『資料によると、あのプレイヤーは狩竜徒の学舎協会チームの学園長選手ですね。狩竜徒学校（ハンターアカデミア）にも登録されているクランのようです』

『先程ひとりを三〇人で襲うのは卑怯（ひきょう）だと言っていましたが……なるほど、モラルを大切にする狩竜徒学校（ハンターアカデミア）の教師（マギステル）だったのですね』

公式放送で流れてきたアンドレアとムラサメの解説。

その放送を見ていた学園長は、岩に斬りつけられた跡のようにきゅうと口角を釣り上げる。

「卑怯（ひきょう）を嫌うのは狩竜徒学校（ハンターアカデミア）とはなんの関係もない。儂（わし）の信条としておる『五常（ごじょう）の徳（とく）』からくるものだ。義を貫く武士道の精神よ」

ぎろり、と学園長が片方だけの目で、すぐ近くで慄（おのの）いてた聖職者（クレリック）を見やった。

「義を重んじず、目先の勝利だけにこだわっておるから足元を掬（すく）われるのだッ！　未熟者めッ！」

「……ッ！」

聖職者（クレリック）の表情が恐怖に歪（ゆが）んだ瞬間。

有無を言わさず、学園長はその岩のような拳で聖職者（クレリック）の顔面を打ち抜いた。

「指導おおおッ！」

天高く舞い上がった聖職者（クレリック）は、しばしの時を要して自由落下を始めると、アランの目の前に落下し、光の粒と消えた。

「いや、ちょっとま」

「指導おおおおおおッ！」

「あんた何」

「しどおおおおッ！」

「ぎゃあああッ！」

許しを乞う言葉と悲鳴がセットになり、まるで雨あられのように、アランの周りに次々と共闘チームの後衛職プレイヤーたちが落下してくる。

学園長に殺されると思ったのか、周囲に残っていた共闘チームの残党が逃げはじめた。

そして、ようやく辺りに静けさが戻ったとき。

凄まじい轟音を響かせ、学園長が懸崖の頂上から飛び降りてきた。

「……痛くないのか？」

思わずアランは訊ねてしまった。

「痛みなど感じぬわ！　わっはっは！」

ぬう、と立ち上がる学園長の姿に、アランは呆れてしまう。

あの高さから落下すれば、落下ダメージどころか下手をすれば死んでしまうはずだ。

「さあて、卑怯な者どもは掃除した。儂と戦ってもらうぞ、アラン殿」

立派な髭をこすりながら、学園長が笑う。

アランは肩をすくめ、訊ねた。

「戦うのはかまわないが、他のチームメンバーはどうした？　ひとりのチームというわけじゃないだろう？」

「お主はひとりだ。ゆえに儂はひとりで来た」

「あくまでフェアに？」

「そういうことだ。他のチームメンバーは、残ったフラッグを取りに向かっておる。すでにチームのひとつを倒し、今は放課後ＤＣ部とやらを追いかけておるらしい」

意外なところからもたらされた情報に、アランの頰がぴくりと動く。

狩竜徒の学舎協会、つまりかぐやたちが放課後ＤＣ部を追っているということは、すずたちはまだやられることなく作戦どおりにタイムアップを狙って逃げ続けているということだ。

推測するに、フラッグもいくつか持っているのだろう。持っているからこそ、かぐやたちに追われているのだ。

「時間も残り少なくなってきたしな。さっさとあんたを倒して、残りのチームを斬り捨てに行くか」

身体の重心を落とし、アランが身構える。

「がっはっは！　来い！　それでこそ剛の者だ！」

威嚇するように両手を広げ、豪快に笑う学園長。

だが、アランはすぐに行動できなかった。

見た限り、学園長あまり知的ではない、いわゆる力でねじ伏せる「脳筋的」プレイスタイルを好んでいそうな雰囲気だ。しかし、格闘士には【無の型】といわれるカウンタースキルに特化したスキルツリーも存在することをアランは知っていた。

もし、【無の型】のスキルビルドであれば、むやみに攻撃を仕掛ければ手痛い反撃を受ける可能性がある。

であるならば、まずやることは――

『さあ、しばらく睨み合っていたふたりですが、先に動いたのはアラン選手だッ！』

アランの足元、沢を流れる水が大きく跳ねた。

【地走り】によって距離を調整したのだ。

水しぶきをあげ、学園長の左側へ。

学園長は視線で追ってくるものの、動かない。

やはりカウンター狙いか。

そう考えたアランは足を止め、刀を低く構えた。

「これはどうだ」

【下段】構えから、刀を振り抜く。

侍で唯一の遠距離攻撃スキル、【水雲落とし】だ。

アランの刀から放たれた輝く斬撃エフェクトが水しぶきを伴わせ、学園長に襲いかかる。

そして、筋肉に覆われたその身体に当たったたと思った瞬間――

「ぬるいわッ！」

学園長の叫び声が周囲の空気を震わせた。

同時に振り抜かれる学園長の拳。

青白い衝撃波が弾け――アランの【水雲落とし】は霧散した。

『いっ、今のは裂空拳⁉　裂空拳ですか、ムラサメさん⁉』

『いや凄い！　タイミングがシビアな「飛び技落とし」ですよ！』

【風の型】ツリーで取得できる範囲攻撃スキル【裂空拳】――

その範囲は狭いものの、短い衝撃波を放つ【裂空拳】は、遠距離攻撃や魔術をかき消す効果がある特殊なスキルだった。その狭い攻撃範囲ゆえに、実戦で活用するプレイヤーは少なく、「飛び技落とし」は敗者復活戦のような舞台ではまずお目にかかれないものだった。

「遠距離攻撃で儂を仕留めることはできんぞ」

「そのようだな」

「男なら正面からかかってこいッ！」

学園長は手のひらに拳をうちつけると、ゆっくりとアランの方へと歩き出す。

威風堂々という言葉がピッタリとあう、自信と威厳に満ちた姿。

その姿を見たアランは、思わず笑みを浮かべてしまった。

『おお、アラン選手、学園長選手に近づいていくッ！』

一歩、また一歩。ぱしゃりぱしゃりと、水面を踏みつける音が少しずつ近づき、止まった。

『おおっと、これは近い！　近すぎるッ！』

『あれは格闘士の間合いですよ！　アラン選手、格闘士が得意とする接近戦で勝負するつもりなんでしょうか⁉』

クラスには得意とする距離があるが、その距離は自身の武器によって変化する。

今、アランが装備しているのは片手刀。長さは二尺三寸ほど。つまり、それが侍の間合いだ。

だが、今アランと学園長の間にある間合いはその半分ほど。

両手両足を武器とする格闘士の間合いだった。

「儂の間合いに自ら入ってきた男は、お主がはじめてだ」

「真正面から正々堂々と、だろ？　だから来てやった」

「がっはっは！　なるほど、面白い男だ！」

笑いながらも、学園長は攻撃しようとはしてこない。

もしかすると、意外と知的な戦略家肌なのかもしれない、とアランは思った。

攻撃してこないのは、侍のカウンタースキル【燕返し】を警戒しているからだろう。軽口を叩きながらも、【燕返し】の対策を練っているのかもしれない。

「お主は」

と、学園長がぽつりと切り出す。

「お主は今、儂が燕返しの対策を考えている、と思っているだろう？」

「……ッ⁉」

逆に自分の考えを読まれていたアランは瞠若してしまった。

「こちらが先に仕掛ければ、カウンターでとられるかもしれない。ならばそのカウンター攻撃に対処する行動を考えなくてはならない。いや待て、考えなくてはならないのはカウンター攻撃のあとの展開だ。警戒するのはカウンタースキルではなく、有利を取ってからの攻撃……紅蓮威綱四連撃の方だ」

学園長はくつくつとその巨大な肩を震わせる。

「そうやってあれやこれや複雑に考えるから、行動が一手遅れる。何事もシンプルに考えればいいのだ」

そう言って学園長が右拳を振り上げると、その拳に力を込めはじめた。

上腕筋と深指屈筋が凶暴なまでに隆起し、これから起こる未来を想像させる。

「儂は今から烈風正拳突きを放つ。お主が燕返しを発動しようとも関係なしにだ」

「……面白い」

アランが身構えた刹那。

学園長が動いた。

腰を低く落とし、引いた右足に力を込めると、背筋を使って一気に右拳を打ち抜く。

空気を裂き、光輝くエフェクトが乗った学園長の拳が、アランに襲いかかる。

宣言どおりの【風の型】スキル、【烈風正拳突き】――

そして、次の瞬間。

「……ッ！」

空気が震え、衝撃波と派手なエフェクトが舞った。

学園長の拳は、何も防御行動を取っていないアランの胸部へと突き刺さっていた。

『こ、これは……ッ!?　アラン選手、どういうことかまともに学園長選手の攻撃を食らった！』

回避行動でもカウンタースキルでもなく、正直に拳を受ける。

それは、学園長にとっても予想外の行動だったのだろう。拳をアランの胸部に打ちつけたまま、動きが一瞬止まったのだ。そして、その瞬間をアランは見逃さない。

「甘いぞ」

即座に繰り出されるアランの攻撃。

放たれたのは【上段】構えからの【袈裟斬り】だった。

学園長の左肩から右脇腹へと抜けていくアランの白刃。

まるで血しぶきのようなエフェクトが散り、単発火力に特化した侍の一撃が、学園長の体力をごっそりと奪い去る。

『アラン選手の攻撃がクリーンヒットッ！　さすがの学園長選手も距離を置いたッ！』

格闘士は侍とくらべて体力が多い。単純な殴り合いで軍配が上がるのは格闘士だろう。だが、ステータス値が限界まで鍛えられているアランの一撃は、無視できないダメージを学園長に与えていた。

「儂としたことが、してやられたわッ！　己の体力を犠牲に攻撃を仕掛けてくるとは……冷徹に見えたが激情家だったたか！　わっはっは！」

刀の間合いの外へ逃れた学園長が、嬉しそうにこきこきと首を鳴らす。

学園長に攻撃をクリーンヒットできたアランだったが、先程の行動を多少反省している部分もあった。これから行う攻撃を宣言するという大胆不敵な行動に出た学園長に応える形で真っ向から攻撃を受けたからだ。

その結果、ようやく回復しかけていた体力がまたしても瀕死近くまで減ってしまった。

「さあて、今度はこちらから行かせてもらおうか」

そんなアランの心境を知ってか、仕切り直しから先に動いたのは学園長だった。

深く拳を引き、力を溜めた後、衝撃波を伴った強力な突きを放つ。予備動作が長いが、格闘士の【風の型】で最も射程範囲が長いスキル【岩砕き】だ。

「避けてみせよ、アラン殿！」

予備動作から【岩砕き】と判断したアランは、その発動時間を計算し、回避行動に移った。

数瞬の間を置き、学園長の左側面へ回避。

アランの経験上、【岩砕き】はそのタイミングで避けることができるはずだった。

だが——

「くッ!?」

避けたと思ったアランの身体を、凄まじい衝撃が襲った。

残り少なかった体力がさらに削られ、瀕死状態を示す赤い警告色が灯る。

クリーンヒットは逃れたが、学園長の【岩砕き】はアランのすぐ脇をかすめていた。学園長はアランの行動を先読みし、タイミングをずらした【岩砕き】を放ったのだ。

『おお、学園長選手、相手の避けを読んだ様子見行動で攻撃をヒットさせましたよ！　これはＰｖＰの「事の心」に則った熟練者の動きですね！』

学園長とアランの戦いを見つめるムラサメが興奮気味に語る。

『ムラサメさん、ＰｖＰの「事の心」とは？』

『いわゆる「じゃんけん」のことですよ。プレイヤーが取る行動には、必ず勝てる行動と負けてしまう行動があるということです』

『なるほど。具体的に言いますと？』

『そうですね、例えば』

そう言って、ムラサメがアンドレアに拳を向ける。

『私がパンチを放ったとして、その動きが読めた場合、アンドレアさんはどうします？』

『え？　えーっと……避けますね』

アンドレアがムラサメのパンチをひょいと避けた。

『そうです。相手の動きが読めた場合、攻撃は回避行動に弱いんです。避けてしまえばあとは反撃し放題ですよね。それではもう一回やりましょうか。私がパンチを出すと予想したアンドレアさんは避ける』

『はい』

『そこで、です』

再びムラサメのパンチを避けようとしたアンドレアだったが、ムラサメは一瞬タイミングをずらし、アンドレアがひょいと避けたことを確認してからパンチを出した。

『……今度は当たってしまいました』

『はい。これが相手の避けを予測してタイミングをずらした「様子見攻撃」です。今、学園長選手がやったことですね』

『なるほど。攻撃は回避に弱く、回避は様子見攻撃に弱い、と』

『そのとおりです。それが一対一のＰｖＰにおける基本です』

このＰｖＰの基本と呼ばれる「じゃんけん」は、長くＰｖＰを行っているプレイヤーたちが生み出した、勝つ確率を高めるための知恵だった。

攻撃行動は回避行動に弱く、回避行動は様子見攻撃に弱い。

様子見攻撃に勝つ行動は、タイミングを遅らせることを予想した反撃行動だ。タイミングを遅らせるということは、攻撃を放つまで時間がかかるため、反撃行動に必ず負けてしまう。

そして、反撃行動に勝つ行動が最初の攻撃行動になる。不利な状況で放たれるのが反撃行動であるがゆえ、ただの攻撃行動に必ず負けてしまうのだ。

これがＰｖＰの基本。相手の行動を読み合って行うじゃんけんだった。

「見た目どおり、戦い慣れているようだな」

「はっは、驚くのはまだ早いぞッ！」

【岩砕き】がヒットしたことを確認した学園長が一気に畳みかける。

さらに距離を詰め、一気に格闘士の間合いに。

アランが一歩下がり、斬撃を放った。

だが、学園長の回避行動を予想して、一瞬溜めを作りタイミングをずらす。

その読みが的中し、今度はアランの攻撃が学園長の身体を捉えた。

「ぬううんッ！」

だが、学園長は怯まない。

膨大な体力を活かし、身体でアランの刀を受けとめると【烈風正拳突き】を放つ。

しかし、学園長が攻撃のタイミングをずらすことを予測し、アランは反撃行動に出た。その予想どおり、タイミングを遅らせた学園長は、アランの攻撃をまたしても受けることになってしまう。

「やるなッ！　鋭い読みだッ！」

「驚くのはまだ早いぞッ！」

先程の学園長と同じセリフを吐き、アランが攻勢に転じる。

学園長の避けを予測し、タイミングをずらし、今度は反撃行動を予測して素直に攻撃を繰り出す。

『凄い、凄すぎますよ！　アラン選手も凄いですが、学園長選手もかなりの技術を持ち合わせています！』

刹那の中で読み合いが繰り返され、目まぐるしく攻守が入れ替わっていく。

だがその中で、ひとつ、またひとつと読み合いに勝っていったのはアランだった。

「先程までの余裕はどうしたッ！　顔が笑ってないぞッ！」

「ぬううッ！　やりおる……ッ！　しかしッ」

ぎらり、と学園長の目が光る。

アランに圧倒されつつあった学園長だったが、その目に諦めの色はない。

「儂も仲間のために負けるわけにはいかんのだッ！」

アランの攻撃を読んだ回避行動からの【烈風正拳突き】そして、【天昇脚】へのスキルコンビネーション。

「くっ」

アランの身体が空中に浮いた。

格闘士の【烈風正拳突き】は、侍の【紅蓮威綱四連撃】と似た連続攻撃の起点となる技だった。

【烈風正拳突き】から、蹴り上げる【天昇脚】、そして空中に浮いた相手に強力な肘落としを放つ【巌鉄肘落とし】。

気絶の追加効果が発生する【烈風三連撃】と呼ばれる連続技だ。

「これで終わりにするぞ、アラン殿！」

上半身を反り、学園長が【巌鉄肘落とし】の予備動作に入った。

ここで【烈風三連撃】を食らえば、負けは必至。そして、【天昇脚】を食らった以上、回避する行動は何もない――はずだった。

「悪いな」

学園長の視界が突然青白く輝いた。

それが、アランの代名詞である月歩であることに気がついたのは、【巌鉄肘落とし】が空を切ったときだった。

「俺も仲間のために負けるわけにはいかない」

「……ッ!?」

学園長の背後を取ったアランは、小さくぽつりと囁いた。

ここで負ければ、学園長は南エリアで放課後ＤＣ部を追っているかぐやと合流することになる。

そうなれば、すずたちはあっという間に倒されてしまうだろう。

「まだだあああッ！」

気力を振り絞り、学園長が裏拳を放った。

だがその攻撃が放たれる前に、アランの刀「天羽々斬」は学園長の背中を捉えていた。

学園長の背中から脳天にヒットエフェクトが散る。背後からの追加ダメージが加算された、強烈な一撃だ。

「うっ……ぐ」

学園長が初めて見せる苦悶の表情。

勝負が決まったことは誰の目にも明らかだった。

「お見事」

その場に膝から崩れ落ちた学園長は、次第に淡い光の塊へと変化しながら、ぽつりと囁いた。

正々堂々、真っ向から死力を尽くしたことを物語っている満足げな笑みをその顔に携えて。

『けっ、決着ッ！　決着だあああッ！　激闘を制したのはアラン選手ッ！　真っ向勝負を制したのは、チームフォーチュンのアラン選手だあああああッ！』

表示されていたアランのウインドウから、アンドレアの声が高々と放たれる。

そして、まるで勝利したアランを祝福するかのように、一陣の風が渓谷（けいこく）に走り抜けていった。

＊＊＊

敗者復活戦残り三〇分——

公式放送の実況アンドレアの口からその言葉を聞いたとき、ティンバーたち放課後ＤＣ部は右耳に波の音を聞きながら、森の中をひた走っていた。

森林地帯の南側に広がる海を右側に感じるということは、東側に向かっているということ。

ティンバーの記憶によれば、南エリアに設置されていたフラッグは東寄りに設置されていた。

アンドレアの実況で、フラッグの位置が表示される一〇分が経過したことを知ったティンバーは【ロスター】を開いた。

「みんな、止まれ！」

その声に、先頭を走っていたアンドウが立ち止まり、続けてメグやすずたちも足を止めた。

「ティンバーさん？　どうしたの？」

「フラッグはこの近くだ。マップで確認した。間違いない」

マップの位置と周囲の状況を照らし合わせつつ、フラッグの位置を探るティンバー。

と、最後尾でかぐやを警戒していたヤマブキが、ティンバーたちのもとへ駆け込んできた。

「いまんところ、追手なし。途中で見失ったのかも」

「でも、向こうもマップでフラッグの位置、確認してるだろうからね。こっち来るよ絶対」

メグが不安げに周囲をきょろきょろと見渡す。

ティンバーも、メグと同じ不安を抱えていた。

なぜかぐやがひとりで現れたのかはわからないが、彼女たちも南エリアのフラッグを得るためにここへ来たのは間違いない。とするなら、今表示されたフラッグの位置を目指して、かぐやは猛然と突っ走ってくるだろう。

ティンバーは、サンフォスタンのカフェ「南国の雫」でかぐやの常識はずれの強さを目の当たりにしたわけではない。だが、ひと目でわかった。彼女はとても危険なプレイヤーだと。

「ティンバーさん！」

と、森の中に跳ねたのはすずの声。

「あそこ！　浜辺に赤いフラッグ！」

「……見つけた」

鬱蒼とした森林地帯の外、低木林地帯特有の背の低い木々――さらにそのまた向こうに、白い砂浜とのコントラストの対比で目立つ赤いフラッグが見えた。

「よし、行くぞ。フラッグがあるのは砂浜だ」

「じゃあ、アタシがウインドウォーカーで取ってくる。皆は待ってて」

浜辺のフラッグを見て、挙手したのはメグだ。

「え、大丈夫？」

「だーいじょうぶだって、すず。どうせすぐ逃げるんだから、全員で行く方が危ないっしょ」

「ん～、確かにそうだけど」

不安を拭いきれない様子のすずを見ながら、ティンバーは数瞬だけ黙考した。

メグの言うとおり、盗賊の移動系スキルを用いれば、数秒たらずでフラッグを取ることができるだろう。だが、もし何かしらの罠が仕掛けられていた場合、メグは確実にやられてしまう。

今後必要になるであろう【煙幕砂塵】が使える盗賊をここで失うのは相当の痛手だ。

「いや、ここは慎重に行こう。アンドウ、メグに随伴してくれ」

ティンバーが判断を下す。

「しかたねえな。了解」

「……なによその顔。アンタこそドジしないでよね」

そう言ってメグは、ニヤけるアンドウのつま先を踏みつける。急ぎつつも慎重に足を進めるふたりの背中を見送り、ティンバーはすずが見ている公式生放送画面をひょいと覗き込んだ。

「東エリアの動きは？」

「学園長ってプレイヤーとアランさんが戦ってる。ねえ、ティンバーさん。この学園長って人」

すずがもうひとつウインドウを表示させた。【ロスター】の画面だ。

「やっぱり。この人、かぐやさんの『狩竜徒の学舎協会』の人だよ。かぐやさんが言っていたクランマスターなのかも」

「……なるほど、そういう作戦か」

つい先程まで狩竜徒の学舎協会は、フラッグをひとつも獲得していなかった。

残り少ない時間で逆転するために、学園長とかぐやは単独で別行動し、フラッグを持っているチームを襲うという作戦なのだろう。

「ならば余計にかぐやに捕捉されるわけにはいかないな。メグたちがフラッグを取り次第、急いで南エリアから離脱する。そのまま北に向かって――」

と、ティンバーが言いかけたそのとき。

「敵前逃亡は『指導もの』だぜ？」

「……ッ!?」

突如背後から放たれた男の声。

咄嗟（とっさ）に身構え、振り返ろうとしたティンバーだったが、背後から首元に腕を回され締め上げられてしまった。

「……ッ!?」

「おおっと、動くんじゃねえぞ」

「ティンバーさん！」

「て、てめえはッ！」

すずとヤマブキの表情が瞬時にこわばる。

背後にいるのが一体誰なのか、ティンバーにはわからなかったが、彼女たちの表情を見て大体のことは想像できた。

「……学舎協会のメンバーか」

「へえ、あんたみたいな綺麗なお姉さんにまで知られてるなんて、俺らすげえな」

失敗した、とティンバーは奥歯を噛みしめる。

待ち伏せをしていたのは、砂浜ではなく森の方だった。全員で砂浜に行っていれば、たとえ戦闘になったとしても有利に運べたかもしれない。

しかし、とティンバーは、メグとアンドウに視線を送った。

ふたりはもうフラッグに手をかけているが、こちらの状況にはまだ気づいていない。

まだいける、とティンバーは胸中で己を鼓舞(こぶ)した。

「さあて、フラッグは誰が持ってンのかね。お姉さん倒したら出るかな？」

「てめえ、その手え離せッ！」

「誰が離すかよ、こんないい女」

背後の男がけたけたと笑う。

そして、首を締める腕の力がわずかにゆるんだその瞬間――

「ヤマブキッ！　すず！　砂浜に走れ！」

ティンバーが叫(さけ)ぶ。

同時に、魔術を詠唱。最も詠唱時間が短い【フレイムボール】。

そのターゲットは背後の男――ではなく、自分の足元だった。

「ッ⁉」

小さな炎の球が足元に着弾し、弾けた。

砂塵が混じった火の粉がティンバーと背後の男を襲い、ふたりにダメージを与える。

「くそっ！」

突然の出来事に腕を緩めてしまったのは、経験が浅いゆえだろう。だが、そのおかげで男の腕から逃れたティンバーは、体勢を崩しながらも砂浜へと走り出すことができた。

「ふたりとも急げ！　メグたちと合流次第、煙幕砂塵を使って離脱する！」

「てめっ！　逃げンじゃねぇッ！」

背後から男の怒りに満ちた声が聞こえた。

だが、ティンバーたちは足を止めない。森を抜け、自分の背ほどの木々を越え、砂浜に飛び出す。

メグとアンドウも、ようやくこちらの状況に気がついたようで、驚きの表情を向けている。

【煙幕砂塵】だ――

ティンバーがメグに指示を出そうとした、そのとき。視界の右から何かが飛んできたことに気がついた。

「ちぇえすとおおおっ！」

小さなその物体は、赤い何かを引き連れ、ティンバーのすぐ脇の砂浜に激突した。

びり、と空気が震え、衝撃波がティンバーの身体を襲う。

「敵前逃亡は」

舞い上がった砂塵に霞む赤い髪。

「言語道断たい！」

鬼の形相のかぐやがそこにいた。

「ちょ、なにあれ！」

「やべえのが来たぞ！　逃げろッ！」

すずとヤマブキが、同時に驚嘆の声を上げた。

ティンバーも思わずごくりと唾を呑み込むと、砂まみれになってしまった身体を払い、駆け出し始めた。

「ああもう、はがいかね（腹ただしい）！　ちょこまかちょこまか逃げてばっかり！」

「せ、先生！」

驚きの声を上げたのは、森から出てきた先程の男だ。

「な、なんねその声は！　ウチはべつに道に迷ったから見失ったわけじゃなかけんね！」

「いや、先生……どう考えてもそれ、迷ったでしょう！」

「ま、まま、迷ってなか！　汚れとるのはその……急いで来たからで」

生徒に指摘を受け、泥まみれになっている身体をぱたぱたと叩き出すかぐや。

だが、生徒も、ティンバーたちもそれが嘘であることはわかりきっていた。

「汚れじゃないっス！　その後ろの……Ｍｏｂ！」

「え」

悲鳴を上げながら、生徒たちも一目散に逃げていく。

そして、ふと振り返るかぐや。

彼女の後ろ。

天高く昇った太陽を隠すほどの巨大な何かがそこに立っていた。

「……あ～、なんか暗かねえっち思ったとよ」

かぐやの背後に立っていたのは、強靭(きょうじん)な甲殻と恐ろしい毒針を持つ、巨大なサソリ型Ｍｏｂアラクオン――

「このフィールド、Ｍｏｂがおるの忘れとったああああああ！」

アラクオンが右爪をかぐやに向けて振り下ろす。

周囲の砂が天高く舞い上がり、辺りの景色を砂けむりの向こうへと消し去った。

そして、海風が吹いた後。

「ぷはっ！」

全身砂まみれのかぐやが砂けむりの中から姿を現すと、生徒と放課後ＤＣ部の後を追い、猛ダッシュを始めた。

「まああてえええええッ！　やぶさめも待たんねええええ！　もう、あんたら全員……ぶち殺すけんね！」

レッドヘアーデビルの異名そのままに、赤い髪を逆なでながら、恐ろしい形相でかぐやが放課後

DC部を追う。

だが、アラクオンを従え、かぐやが向かったのは全く真逆。

今しがた、彼女が向かってきた西の方角なのであった。

＊＊＊

「ヤマブキ、追手は？」

「今のところなし。かぐやがでっけえＭｏｂ連れてきたときはびびったけど、あの混乱のおかげで逃げ切れたのかも」

後方を確認しつつ、ヤマブキがメグに返した。

南エリアのフラッグ付近で起きた狩竜徒の学舎協会との遭遇戦。一度は大ピンチに陥った放課後DC部だったが、かぐやが連れてきたアラクオンの混乱で、なんとか彼女たちを撒くことに成功していた。

「それで、これからどうする？　フラッグは運良く三本手に入れてるから、いまんとこアランのフォーチュンと同じ本数だけど」

アンドウが開いたアイテムインベントリには、先程獲得したフラッグが格納されていた。

ティンバーの作戦で、万が一のことを考え、三本のフラッグは別々の人間が所持することにしたのだ。北エリアのフラッグはティンバー、ぱるちざんとの戦いで得たフラッグはすず、そして先程南エリアの砂浜で取ったフラッグはアンドウという具合だった。

「ちょっと疑問に思ったんだけどさ」

と、メグがティンバーに訊ねる。

「ふたつのチームが同じ本数フラッグ持ってたら、どうなるんだったっけ？」

「その場合、残ったチームメンバーの数で決まる。残った人数が多いチームの勝ちだ」

「ってことは……え、ちょっと待って！　フォーチュンはひとりだから、このままタイムアップしたら、アタシたちの勝ちってこと!?」

「そういうことだな」

「すごい！」

メグは驚きのあまり、思わず飛び跳ねてしまった。

色々な障害があった敗者復活戦だが、いま勝利にリーチをかけているのは放課後DC部であることに間違いないだろう、とティンバーは考えていた。

狩竜徒の学舎協会の存在が気になっていたが、公式放送で先程アランが学園長を倒したという情報が流れていた。残り時間をかぐやたちから逃げ続けていれば、勝利は間違いない。

「すず、残り時間は？」

「えーっと……あ、公式放送でもあと一〇分って言ってる」

「一〇分か。もうフラッグはすべて取られているから、ロスターで確認する必要はないが、向かうべき場所だけは確認しておこう」

かぐやから逃げ続けなければいけないが、できるだけ東には向かいたくないと、マップを見ながらティンバーは思った。

アランが、学園長を倒してから少し時間が経過しているため、南エリアに来ている可能性があるからだ。

アランは始まる前に、放課後ＤＣ部の勝利のために援助をする、と言っていた。

ここまで来られたのも、アランの影のサポートがあったからだろう。

しかし、とティンバーは考える。

危惧していた、最後の二チームにフォーチュンと放課後ＤＣ部が残るという事態が起こりつつある。アランもＤＩＣＥの手前、わざと勝利を放課後ＤＣ部に譲る真似はしないだろう。

全力で勝利を掴みに来るはず。

もしそうなった場合、アランから逃れるのは難しいだろう。

鬱蒼と茂る木々が海風に揺れ、葉擦れの合唱をしている。

今が戦いの最中だと忘れさせるような、穏やかな空気だ。

その穏やかなときが、ティンバーの嫌な予感を払拭させていく。

周囲数キロにわたる広大なフィールドで、ひとりのプレイヤーと出会うのは、奇跡でも起きない限り無理かもしれない。それは、この森の中で落としたアイテムを探すようなものだからだ。

『……あああっと！』

突如ティンバーの鼓膜を揺らす、アンドレアの声。

その瞬間、ぴたりとティンバーやすず、そして放課後ＤＣ部のメンバーたちの足が止まった。

運命の神様とは、奇跡と困難が好きなのだな、とティンバーは呆れてしまった。

潮の香りが漂う森の中。

木々の向こうに、「見つけたら回れ右して去れ」と言われていた、白い侍がはっきり見えた。

『これは凄い展開になってきたああッ！　残り一〇分を切って、チームフォーチュンとチーム放課後ＤＣ部が出会ってしまったあああああッ！』

アンドレアの声が、虚しく響く。絶対に出会ってはならないアランと放課後ＤＣ部が、数メートルの空間を挟み、邂逅してしまったのだ。

「アラン……さん」

ぽつりと、すずがアランの名を呼んだ。

その声に応えるように、アランが一歩前へと踏み出す。

「かぐやたちは？」

そう問うたのは、アランだ。

ヤマブキが身構え、メグと入れ替わるように前へと進んだ。そして、アランの問いには、ティンバーが答える。

「撒いた。今の戦力ではとうてい敵いそうになかったのでな」

「賢明だ。それに見たところ、脱落者はいないようだ。君は……よいプレイヤーだな」

ティンバーにはその言葉が、「君に頼んでよかった」という意味に聞こえた。

だが、その表情にはいくらか迷いがあるように見えた。

アランにとっても、これは予期せぬ遭遇だったのだろう。そして、未だそうなったときどうすればいいのか、答えが出ていないという感じだ。

「今こちらが持っているフラッグは三本だ。お前と同じ数。残り時間は一〇分……いや五分だな」

それで、と言いたげに首を傾げるアラン。

「勝ち目は薄いが、こうなってしまった以上戦わない道はない。残り五分、二人以上こちらのチームが残っていれば、私たちの勝ち」

「……全滅させれば、俺の勝ち？」

頷くティンバーに、アランは笑ってみせた。

「いいハンデだな。この五分、全力で行かせてもらうぞ」

白刃の刀を鞘から抜き、アランが構えた。

残り五分。いくら相手がアランといえども、その時間を耐えるのは不可能ではない。

「すずッ！　強化魔術だッ！」

ティンバーが叫ぶ。

その声にすずが詠唱に入る前に、アランが動いた。

「ヤマブキくん！　アランさんのターゲットを！」

「おっしゃあああッ！」

樹木の間をすり抜け、あっという間に数メートルの距離を縮めてきたアランに、すかさずヤマブキが【喊声(かんせい)】を放つ。

ターゲットを固定されたアランは、目標をヤマブキへと変更し、即座に斬撃を放った。

「……ッ！」

かち合うアランの刀とヤマブキの盾。

火花が散り、その衝撃でヤマブキは逆に弾き飛ばされてしまった。

「行きます！　スクタム！」

すずが放ったのは、防御力を強化する魔術【スクタムⅡ】だ。

これは、五分という時間をいかに切り抜けるかの勝負。

すずが行うべきは、パーティメンバーの体力管理だけなのだ。

「一対一でアランと戦おうとするな！　常にふたり以上で攻めろ！」

「アンドウ！」

「了解！」

アランの両脇から接近したのは、メグとアンドウだ。

アンドウのクラウ・ソラスがなぎ払われ、メグの二本のダガーが突きを放つ。

スキルを使わない通常攻撃。

スタミナ温存を考えた連携攻撃だ。

「甘いぞ」

だが、アランはその攻撃を難なく処理した。

横軸の動きに弱いメグの突き攻撃を躱し、アンドウの剣を刀で受ける。

同時に、反撃。

アランの神速攻撃がアンドウの首を狙う。

「フレイムボール――ッ！」

「……ちッ」

だが、アンドウへの攻撃をキャセンルし、再びアランは回避行動に出た。

ティンバーの杖からフレイムボールが連発される。

「ヤマブキくん、押してッ！」

「おうッ！」

すずが回復魔術を放つと同時に、ヤマブキが一定時間行動不能状態にさせる【シールドバッシュ】を放った。

少しでも時間を稼ぐ。それが全員の目的。

だが――

「ぐあ……ッ！」

気がついたとき、アランの刀はヤマブキの背後に突き立てられていた。

アランの姿が輝いたと思った一瞬で、その姿はヤマブキの背中へと移動していた。

正真正銘、本物の月歩。

すずの目に、ごっそりと減っているヤマブキの体力が映った。

「すず、回復だ！」

魔術詠唱に入っていたティンバーが叫ぶ。

ここで盾役であるヤマブキを失えば、パーティが総崩れになる可能性がある。

『アラン選手を前に、奮闘するチーム放課後ＤＣ部！　これは、いい動きですね！』

『強敵を前にしても諦めていませんね！　残り時間はわずかです！　ここまできたら、気持ちが強い方が勝ちますよッ！』

圧倒的なテクニックで翻弄するアラン。

そして、息の合った連携で迎え撃つ放課後ＤＣ部。

これまでになく、両者は一進一退を繰り返す
障害物が多い森林地帯という環境が、放課後ＤＣ部に味方していた。

アランが思うようにスキルが使えず、スピードを武器に攻め立てることができないからだ。

「このまま、あと二分くらいだよッ！」

すずがチームを鼓舞する。

だが、残り時間を意識したとき、わずかな隙が生まれてしまった。

「ヤマブキ！」

「……ッ！」

攻撃を避けることを読んだアランが、タイミングをずらした様子見攻撃を放ったのだ。

防御行動を取る暇なく、アランの刀がヤマブキの鎧の隙間、右脇腹を捉える。

「ぐあッ！」

森の中に咲く、血しぶきのようなヒットエフェクト。

先程の一撃で半分近く減っていたヤマブキの体力は、瞬く間に底をついてしまう。

「くっそおおおッ！」

悔しさがにじんだ声を伴わせ、ヤマブキが崩れ落ちた。

連携が崩れる。

ティンバーがそう危惧したとき、既にアランは次の行動に移っていた。

「さあ、カウントの時間だッ！」

アランが吠える。

刀を切り返し、その切っ先が向かったのはメグ。

「メグさん！　あぶねえっ！」

「ッ!?　アンドウ！」

森に響く金属音。

メグの身体にアランの刃が届きかけた瞬間、アンドウの剣がアランの刀の軌道を逸らしていた。

だが、アランの攻撃は止まらない。

すぐさまターゲットを変更し、アンドウの方向へ翻る。

「ふたりめ……ッ!?」

「ぬうおおおおらあああッ！」

がちん、と鈍い音がアンドウの頭から放たれた。

防御行動ができないと判断したアンドウが放ったのは……頭突き。

咄嗟に取ったあり得ない行動だったが、意表を突いた一撃が、アランの猛攻を止めた。

「うだらああッ！」

雄叫びを上げるアンドウ。

その表情は、かぐやさながらの鬼気迫るものだった。

「俺たちゃ負けるわけにゃいかねえんだよっ！　参加できなかったウサさんや……エドガーのためにもなああッ！」

「……ッ！」

アランがたじろいだのがはっきりとわかった。

「そうだ！　私たちは負けるわけにはいかないのだ！　仲間のためにも！」

「ええ！　ティンバーさんの言うとおりよッ！　絶対勝って……エドガーくんと一緒に、グループトーナメントに進むんだッ！」

「……ふぇっ!?」

勢い余って放たれたすずの言葉。

アランのらしくない情けない声は、彼の放送にも流れることはなかった。

その瞬間、アンドレアが終わりを告げる言葉を放ったからだ。

『終了おおおッ！　ここでタイムアップだあああッ！　敗者復活戦に勝利したのは放課後ＤＣ部！

今回初参戦の放課後DC部だあああッ！』

そして、すずたちの視界に浮かぶ「Congratulations!」の文字。

それが敗者復活戦の終了と、放課後DC部のグループトーナメント出場が決まった瞬間だった。

＊＊＊

敗者復活戦が終わって一時間が経ち——

初参戦の放課後DC部による敗者復活戦勝利のニュースは、アランのチームフォーチュン敗退のニュースとともに、公式サイトやSNSに流れた。

公式放送されたアランと放課後DC部の最後の五分間の戦いは「世紀の大番狂わせ」と題され、動画視聴ランキング一位に上り詰めたのは言うまでもない。

「いやあ、実にエキサイティングな戦いだった！」

唐破風寄棟造り（からはふよせむね）のホームハウス。

一見、武家屋敷かと思ってしまうアランのホームハウスの縁側に、上機嫌の五十嵐の姿があった。

「共闘チームが現れたときはどうなるかと心配したが、さすがはアランだ」

「それはどうも」

五十嵐のすぐ脇で座布団に腰かけているアランは、ソーニャからいつもの湯呑（ゆの）みを受け取りながらそう答えた。

「それに、あの学園長との戦いは手に汗握ったよ。最後の五分の戦いは……まあ、言うまでもないな」

「結局負けてしまいましたけどね」

「勝敗は関係ない。勝負はナマモノだからな。それよりも、再び君が動画視聴ランキング一位に返り咲いた喜びを分かち合おうじゃないか」

五十嵐はソーニャに小さく礼をすると、どこか満足そうにずずと【煎茶】を口にした。

アランのチームフォーチュンは、敗者復活戦に敗れ予選敗退になったのだが、敗者復活戦での放送視聴者が爆発的に伸び、結果、アランは瞬く間に一位に返り咲くことができたのだ。

その要因のひとつになったのは言うまでもなく、例の「世紀の大番狂わせ」動画だ。

アラン視点から配信された動画は公式放送に続き、現在デイランキング二位にランクインしている。

だが、アランがプレイヤーランキング一位に返り咲くことができた理由はそれだけではない。

三時間に及ぶ戦いを、三〇分刻みで動画アーカイブにアップロードしたところ、共闘チームの戦いや学園長との戦いも、かなりのアクセス数を獲得することができたのだ。

特に、共闘チームとの戦いで見せた月歩の秘密につながる「騒速」の話題性は凄まじく、今でも視聴者数は伸び続けている。

「これで来季のスポンサー契約更新は確実だな。いやあ、よかったよかった」

嬉しそうに語る五十嵐のその言葉に、アランはようやく少し肩の荷が下りたような気がした。

ＤＩＣＥの問題も片付き、さらに放課後ＤＣ部もグループトーナメントへの出場が決まった。

多分、すずたちはお祭り騒ぎだろう。

現実世界では、スマホのＬＩＮＫに、すずたちからの報告のチャットが山ほど届いているはずだ。

素直におめでとうと言ってやりたいと思いつつ、アランは最後の五分間の戦いですずたちが口にした言葉を思い出し、なんとも面映（おもはゆ）い気持ちになってしまった。

「とにかく、素晴らしかったよ、アラン。明日も学校だろうから、俺はそろそろお暇するよ」

「わかりました。色々とありがとうございます、五十嵐さん」

五十嵐は縁側から立ち上がると踵（きびす）を返した。

そして、アランのホームハウスを去ろうとしたとき。

「そうそう」

五十嵐はふと立ちどまると、どこかおどけた表情をアランへと向けた。

「あんまり『あっちの方』に力入れすぎるな」

「え？」

「またランキングが落ちないように、アランの方もしっかりプレイしとけよ」

「な」

呆（ほう）けているアランの姿を楽しんだあと、五十嵐は右手を挙げてホームハウスを後にした。

天から舞い降りる穏やかな陽射（ひざ）しが、縁側に庭先の木々の葉の形を落とす。柔（やわ）らかい風が走り、葉擦れの声とともに、縁側に降りた葉の影を気持ちよさそうに踊らせた。

そんな中、アランは五十嵐が口にした言葉が耳から離れないでいた。

「五十嵐様は、お見通しのようでしたね。そのことを口にしなかったのは、アラン様の覚悟を試したかったからでしょう」

ふわりと放たれたソーニャの声。

はたと我に返ったアランは、傍らに立つソーニャを見上げる。ソーニャはいつもと変わらない、穏やかな表情でアランを見つめていた。

こちらの覚悟、とはプロとして続けるかどうかの覚悟ということだろうか。

エドガーの件を理由にすることなく、アランで再び一位を取ることができたから、五十嵐はあれほど喜んでいたのではないか、とアランは思った。

五十嵐はいつから知っていたんだろうか、とソーニャに訊ねたくなったが、その言葉は喉奥へと押し戻した。

「さて、アラン様。そろそろログアウトしてはいかがでしょうか。皆様と勝利を分かちあいたいでしょうし、ラミレジィ様にもご報告する必要がありますよね」

「はあ……そうだな」

急に疲れが出てきたアランは、重いため息をひとつついた。

そして、重苦しい空気のままぼやいた。

「また南国に行きたいよ」

「そのときはまたご一緒させてください。次回はゆっくりアラン様と回りたいです」

「そうだな」

曖昧(あいまい)な返事を口にしつつ、アランは縁側から空を見上げた。

縁側から見上げた空には綿菓子のような雲がひとつ、気持ちよさそうに泳いでいた。

何も気にすることなく、自由に空を漂う雲。

色々なことがあった今日だけは、そんな雲が無性に羨(うらや)ましく感じてしまうアランなのだった。

第三章　黒の影

時を遡ること数年前。

五感を使って脳内で仮想現実世界をシミュレートするという全く新しい技術を引っさげ、鳴り物入りでスタートしたドラゴンズクロンヌが、広告宣伝媒体として活用できると、企業が動きはじめた頃。

アパレルブランドのＤＩＣＥもまた、仮想現実世界に眠る「宝石の原石」を求め、人員を導入しはじめていた。宣伝広告室に所属する五十嵐が室長から受けた下知はひとつ。

陽の目を見ていないが、今後台風の目になりそうなプレイヤーを探し出し、スカウトすること。

それは、例えて言うならば、太平洋から存在するかもわからない新種の海洋生物を探すに等しい難解な仕事だった。

室長に訳のわからない指令を受けた五十嵐は、情報を収集すべく、ゲーム好きの同僚や後輩をあたってはみたものの、特に目新しい情報を手に入れることはできないでいた。

「ノブさん、ドラゴンズクロンヌってプレイしたことあります？」

そして次にあたったのが、撮影現場で顔をあわせることが多い、スタイリストのノブだった。

五十嵐がノブを頼ったのは単純で、彼がゲーム、というよりサブカルチャーに強かったからだ。

「もちろんあるわよ。ドラゴンズクロンヌは最高のロールプレイができるコンテンツだからね！でも何？　イガちゃんもやりたいワケ？」

手取り足取りレクチャーしてあげようか、と不敵な笑みをこぼすノブだったが、五十嵐はそのありがたい申し出を丁重に断った。

ちなみにノブは、プロの人脈を活用した本格的なコスプレ愛好家だった。

その彫りが深い日本人離れした顔立ちから、女性ファンの追っかけがいるほどだという。

「実は、室長からプレイヤーのスカウトを依頼されて」

「スカウト？　へえ、ＤＩＣＥもプレイヤーのスカウトに動き出したのね。上の方たちはお固い考えだと思ってたから、意外」

「上の考えじゃなくて、まだ室長だけのアイデア。ＤＩＣＥの広告戦略の中に、ドラゴンズクロンヌプレイヤーでのプロモーション計画プランを入れて提案したいらしいんですよ」

室長が五十嵐にスカウトを依頼した理由がそれだった。

広告宣伝で重要なのが費用対効果のバランス、つまり、ＣＰＲ（コストパーレスポンス）だ。

プレイヤーによる宣伝効果が未知数なため、いきなり潤沢（じゅんたく）な資金を大量に投入することは難しい。

ゆえに五十嵐に下（くだ）されたのが、少額のスポンサー費でも食指を動かすであろう「陽（ひ）の目を浴びていないが、今後台風の目になりそうなプレイヤーを探すこと」だった。

そして、そのプレイヤーが広告塔として活動することで、どの程度の効果が生まれたか測定し、数字を武器に上層部に掛け合って資金を調達する。

それが室長の狙いらしい。

「ん〜、それは難しい依頼ね。アタシもそんなに詳しいわけじゃないから、役に立つかわからないけど……可能性があるとすれば」

「すれば？」

推測でも構わない、と言いたげに、五十嵐はノブの顔を覗き込む。

そして、しばしの時間が流れた後、ノブの口から放たれたのは、とあるクランの名前だった。

＊＊＊

もちろん、ドラゴンズクロンヌの経験が浅い五十嵐はその名を知らなかった。

ノブに教えられたのは、「Grave Carpenters（墓大工）」という名前のクランだった。

以前ノブの知り合いが、Grave Carpenters に所属していたという。実力主義のそのクランをあたれば、お眼鏡にかなうプレイヤーが見つかるかもしれないというものだ。

Grave Carpenters に所属するには、条件を満たしている必要があるらしい。

レベル七〇以上かつＰｖＰ勝率七〇パーセント以上。

つまりは、ＰｖＰに絶対的な自信を持つ猛者であることだ。

「うーむ、確かにノブさんが言うとおり、宝石の原石が眠っている可能性は高いな」

ヴェルン大公国エリアの街、グランホルツ。

カフェに腰を据え、ウェブブラウザから、クラン「Grave Carpenters」について調べていた五十嵐は小さくひとりごちた。

ＰｖＰ一〇〇戦無敗を誇る「クロノ」をリーダーとした実力主義のクラン、Grave Carpenters。

既にクランマスターのクロノにはスポンサー契約の話が来ているらしいが、五十嵐はGrave Carpentersに可能性を見出していた
狙い目はリーダーのクロノではなく、彼のクランに所属しているメンバーたち。つまり、まさに室長が求めていた「陽の目を見ず、台風の目になる可能性が高いプレイヤー」という言葉が似合う猛者たちだ。

「五十嵐さん、ですか?」

と、グランホルツの優しい風に乗り、若い男の声が五十嵐の名を呼んだ。

入り口に立っていたのはひとりの男。この世界で見かけからの年齢判断は意味を持たないが、二十歳かそこらのまだうっすらと幼さが残る青年だった。

「君は……Grave Carpenters の?」

「はい。クロノより案内を仰せつかった者です」

そう言って頭を下げるその男。

五十嵐がグランホルツに来ていたのは、Grave Carpenters からの使者を待っていたからだ。

ノブから情報を得たあと、スカウトの件をクランマスターであるクロノに伝えたところ、すぐに

「協力する」旨の返答があった。

そして、待ち合わせ場所に指定してきたのがグランホルツだった。

「クロノさんはどちらに？」

「実は今、クロノはクランの加入試験に立ち会っている最中でして」

「加入試験？　クランに入るためのＰｖＰというやつですか？」

男は小さく頷く。

五十嵐が調べた情報によると、Grave Carpenters は加入条件を満たしているプレイヤーを対象に、最終試験としてＰｖＰを行うらしい。

「実は、クロノが是非五十嵐さんにそれを見てもらいたいと」

「おお、それはありがたい」

これは思ってもみない朗報だ、と五十嵐は思った。

勝負如何でクランへの参加が決まる真剣なＰｖＰであれば、宝石の原石も見つけやすい。

「是非拝見させていただきます」

「承知しました。それでは向かいましょう」

早速男は五十嵐とパーティを組むと、試験を行っている北方にある高レベル向けエリア「マグダ魔王直轄領」へとファストトラベルした。

「お、おお」

ふわりと浮き上がるような違和感が五十嵐を襲う。

ブラックアウトする視界。

初めてのファストトラベルに、五十嵐は驚きを隠せなかった。

だが、その先で待ち構えていたのは、ドラゴンズクロンヌの経験が浅い五十嵐でさえも言葉を失ってしまう光景だった――


「……なんだこりゃ」

大陸の最北端に位置する高レベル向けエリア、マグダ魔王直轄領に到着するや否や、開口一番に五十嵐が口にしたのは驚嘆(きょうたん)の声だった。

魔王マグダと三人の狩竜徒たちが争った場所とされるマグダ魔王直轄領は、その激しい戦いの影響で生態系が失われた地でもあった。

マグダ魔王直轄領は厳しい環境から「時が止まった大地」とも呼ばれているエリアだ。

その空を覆い尽くす滅紫色に淀(よど)む雲と、地面を覆う純白の雪が異様さを際立たせている。

だが、五十嵐が驚きを隠せなかったのは、マグダ魔王直轄領の景色にではない。

白色の大地に横たわり、苦しみもがいている幾人ものプレイヤー。

そして、悠然とそこに立っている、降り積もる雪と同じ、白銀の髪を持つひとりのプレイヤーにだった。

「試験は合格ですか？　クロノさん」

「てっ、てめぇ……ッ」

推測するに、白銀の髪のプレイヤーのすぐそばでうずくまっている全身黒ずくめの男が、クランマスターのクロノなのだろう。クロノの一〇〇戦無敗記録は、プレイヤーの間で伝説になりつつある、と五十嵐はネットで見た記憶があった。だが、一〇一戦目にしてクロノの連勝記録はストップしたと見て間違いないだろう。

クロノとは対象的な、この白いプレイヤーの手によって。

「アラン……ッ！」

顔をしかめながら、クロノが漏（も）らした名前。

その名前を五十嵐は耳にしたことがあった。

熟練者の間でまことしやかに噂（うわさ）されていた恐るべきプレイヤー、アラン。

常にソロで活動しているというそのプレイヤーは、圧倒的なテクニックで、挑んできたプレイヤーを全て排除しているという。彼の連勝記録は、すでにクロノの一〇〇戦に勝（まさ）るとも劣らない数字になっているらしい。

「貴様ッ！」

と、怒りをにじませた声を放ったのは、五十嵐の傍（かたわ）らで同じように立ちすくんでいた案内役の男だった。躊躇（ちゅうちょ）することなく剣を抜き、仲間の仇（かたき）と言わんばかりに背後からアランに襲いかかる。

「やめろッ！」

その姿を見たクロノが制止するも、男は足を止めることなくアランに斬りかかった。

地面の上を滑（すべ）るように大きく踏み込み、そのスピードを剣に乗せて放つ戦士（ファイター）のスキル【ファント】。不意を突いた死角からの一撃。

【ファント】の踏み込みと同時に、地上に降り積もった粉雪が舞い上がった。

そして、男の剣がアランの背中を捉えた——ように見えた。

「……ッ!?」

一体どうやってその攻撃を避けたのか、五十嵐にはわからなかった。

男が放った【ファント】がアランの身体を捉えたと思った瞬間。

まるで空気が破裂したかのような甲高い音が響き、アランの身体が消えたのだ。

「俺を恨むのはお門違いだろう。加入試験としてＰｖＰを指定したのはそっちだ」

消えたアランは、男と背中合わせに立っていた。

一瞬、青白い光が走ったように見えたが、あれは何かのからくりなのだろうか、と五十嵐は訝しむ。

「こっ、このッ！」

右足を踏み込み、男が振り向きざまに剣の柄を振りぬいた。

至近距離からの攻撃。

切っ先を向けるのではなく、剣の柄を使った打撃だ。

そしてそこから剣をなぎ払う。スキルではない、男の咄嗟のテクニック。

だが——

「仕方がない」

男が動いた瞬間、既にアランは迎撃行動に移っていた。

右足を軸にくるりと身を翻す。

そしてアランは、体捌きだけで男の攻撃を躱すと、体勢が崩れてしまった男の背後を、再び簡単に奪ってしまった。

「あがッ」

鯉口を切り、抜刀。男の背中に、派手なエフェクトが噴き上がった。

背後から攻撃を受けた男は大きくのけぞり、膝から崩れ落ちるように昏倒してしまった。

あっさりとその男を倒したアラン。

ここまで案内してくれたあの男は、レベル七〇以上かつＰｖＰ勝率七〇パーセント以上の成績を持つ Grave Carpenters の正規メンバーであり、猛者プレイヤーだ。

決してあの男が弱いわけではない。

それは経験乏しい五十嵐でもわかる。

単純に、このアランというプレイヤーが桁違いに強いのだ。

「それでクロノさん、加入の可否は？」

Grave Carpenters のメンバーたちの恨みがこもった視線が斬りつけてくる中、アランがため息交じりに訊ねた。トップランカーといえる猛者たちの視線は、経験が浅い五十嵐でさえも身を切られるような恐怖を感じる。だが、アランはその空気を心地よく感じているようだった。

「歓迎するぜ、アラン」

牙を剥き、激しく敵意を向ける野獣のように、クロノがアランの瞳を睨みつける。

「だがな、このままで終わると思うなよ」

「そうでなくては困ります。俺が Grave Carpenters に入る理由がなくなってしまう」

アランはクロノを一瞥すると、くるりと刀を躍らせ、鞘へと収めた。

五十嵐の目の前で起こった、目を疑うような光景。

言葉を発することもできず、五十嵐はその信じられない光景を引き起こしたアランの背中を、ただじっと見つめていた。


「五十嵐さん、スカウトの件だが、日を改めた方がいい」

グランホルツの石畳の海岸沿いに佇む木組みのカフェ。その店内に波の音に乗ったクロノの声が静かに広がっていった。

あらためて目的を告げた五十嵐に、クロノは渋い表情を浮かべた。

クロノと合流後に、スポンサー契約に興味を示しているクランメンバーと顔を合わせる予定だったが、はっきり言ってタイミングが悪かった。

クランマスター、クロノがあっさり負けるという衝撃的な事件が起き、さらに、アランの加入が決定したことで、Grave Carpenters は一触即発の危険な空気に満ちていたからだ。

マグダ魔王直轄領からグランホルツに戻ってすぐに、クランメンバーたちはクロノのもとに集まり、アラン加入に異を唱えはじめたらしい。

あの男は不正行為をしている――

そんなやつをクランに入れるのは反対だ――

熟練の猛者であり、実力主義のGrave Carpentersに所属しているメンバーたちにとって、あの敗北は認めることができない屈辱的なものだった。

そして、敗北によって生まれた怒りの矛先は己自身の未熟さではなく、アランへと向けられたのだ。

だが、クロノは彼らを逆に恫喝し、アランの加入を改めて認めた。

Grave Carpentersの加入条件は、強者であることだからだ。

クランマスタークロノを倒したアランを加入させないことは、そのクランのルールを曲げることになってしまう。ゆえに、クランをまとめる役割を担うクロノは、メンバーの意見よりもクランのルールを優先させ、アランの加入許可を出したのだった。

「メンバーの方に話をするだけでも無理ですか？」

「やめておいた方がいい。皆、気が立っている。下手にコンタクトすればあんたに危害が及びかねない」

さらりと言うクロノの言葉に、五十嵐はごくりと唾を呑み込んでしまう。あのとき、アランに向けられていた刺すような視線で睨まれたら、即座にログアウトする自信があった。

「……とはいえ、このまま手ぶらで帰るわけにもいかない」

五十嵐がここに来ているのは、仕事の一環だ。

ログインしているのは、会社で用意されている UnChain であり、このアカウントは会社のアカウント。

襲われようとも、話を持ちかけるべきか、と黙考する五十嵐。そして、しばしの沈黙が流れ、ひとつのアイデアが脳裏に浮かんだ。

「ひとつ、いいですか？　例のアランさん。彼にアプローチしても？」

「何だと？」

五十嵐の口から放たれた予想外の言葉に、クロノの表情に苛立ちの色が広がっていく。

「クランメンバーじゃなく、あの男にスポンサーの話を持ちかける、と？」

「彼はもう Grave Carpenters のメンバーなんですよね？　他の方が難しいのであれば、彼に少しお話をと」

問題ないでしょう、とクロノを見つめる五十嵐。

Grave Carpenters のメンバーになったアランに話を持ちかけるのであれば、筋を違えてはいない。なにより、他のメンバーよりも話を聞いてくれる可能性が高いのだ。

だが、正直なところ、五十嵐はアランというプレイヤー自身に興味を持っていた。

クロノと Grave Carpenters のメンバーを倒したアラン。そして、青白い光をまとうテクニック。もしかすると、あのプレイヤーは探していた宝石の原石なのかもしれない、と五十嵐は考えていた。

「好きにしろ。別に Grave Carpenters は、ＤＩＣＥに人材を提供する契約を結んでいるわけじゃない。誰があんたたちとスポンサー契約を結ぼうが関係ない。ここにやつを呼ぶ。待っていろ」

「助かります」

うやうやしく頭を垂れる五十嵐。

そして、どこか口惜しそうな視線を残し、クロノが席を離れてすぐ。

カフェにあのプレイヤーが姿を現した。

驚異的なテクニックを持つ、白銀の髪のプレイヤー、アラン。

「どうぞ座ってください」

席を勧める五十嵐に、アランは臆する様子もなく、腰を下ろした。


「クロノさんからお話は？」

「聞いた。ＤＩＣＥのスカウトマンなのか？」

「まあ、そのようなものです」

そうして挨拶もそこそこに、五十嵐は本題であるスポンサー契約について、アランに説明を始めた。

スポンサー契約といっても、ＤＩＣＥはまだ本腰ではないこと。少ない金額でスポンサー契約を受けてもらえるプレイヤーを探していること。今後の宣伝効果如何では、契約を更新し、多額の資金援助を行う可能性があること。

「ちなみに君はどこかの企業と契約を？」

「結んでいない。というか……興味がない」

「興味がない？」

アランの口から放たれた意外な言葉に、五十嵐は首を傾げてしまった。

このゲームをプレイしているプレイヤーは、誰しもが企業とのスポンサー契約を結び、プロとして活動したいと思っているはずだと考えていたからだ。

「あんたには悪いが、俺が求めているのはそこじゃない。確かにドラゴンズクロンヌをプレイすることが仕事になるのは魅力的だと思う。だが、そういう柵は俺の目的の妨げになる」

「目的、というと？」

「この世界のトップに立つこと。それ以外に興味はない」

純粋な眼差しで五十嵐を見つめるアラン。

その言葉と眼差しで、アランがGrave Carpentersに入った目的が、五十嵐には理解できた。

加入試験で鮮烈な印象を与えたことで、今後クランに所属する猛者たちとのＰｖＰは避けられない。

だが、アランはそれを求めている。

熾烈な環境こそが、己の腕をさらに磨き上げると知っているからだ。

「俺にとって他人との繋がりは足かせでしかない。これまでひとりでやってきたし、これからもひとりで純粋な強さを求める」

「それは、ストイックですね」

「ストイックなんて格好いいものじゃない。ただ強くなるのが楽しいだけだ」

そう言って、アランは笑顔を見せた。

楽しいからこそ、すべてをなげうってストイックになれる。

アランには、自分に似た部分があると五十嵐は思った。

DICEに就職してから、このブランドを一流に磨き上げたいと、日に日に強く思うようになってきた。それはDICEというブランドが好きで、もっと多くの人に知って、愛して欲しいからだ。

これまで、五十嵐もDICEのために生きてきた。夜遅くまで広告宣伝プランを練り、日中は外を駆け回った。それはあくまで、DICEが好きで、会社が好きだったからだ。

「申し訳ないですが、君は勘違いしています。DICEがお金を出すのは、広告受けする話題性と将来性であって、君のプレイスタイルではない。これはビジネスの話です」

DICEが求めているのは、お金を出してどれほどの広告効果が期待できるか。

広告効果が期待できればお金を出すし、期待できなければ、お金は出さない。

そこに人の感情はない。あくまでドライなビジネスの関係だ。

「ですが」

小さく笑みを湛え、五十嵐は続ける。

「正直なところ、ビジネスの話を抜きにして、俺は君に一目惚れしてしまったのかもしれない」

「え？」

五十嵐の口から放たれた言葉に、アランは思わずぎょっとしてしまった。

「あんた、そっちの気があるのか」

「君はすぐに勘違いしますね。そうではない。君のテクニックを目の当たりにして、俺は君のさらなる成長を近くで見たいと思っただけの話です。ＤＩＣＥや仕事うんぬんを抜きにしてね」

五十嵐の本心の言葉が去ったあと、沈黙がテーブルを支配した。

冷静を装っているアランだったが、その内心は動揺しているようだった。

もしかすると、彼は本心から誰かと語りあったことがないのかもしれない、と五十嵐は思った。

だからこそ、アランはひとりの道を歩んできた。

「俺は誰かとつるんだり、関わったりしない。それが足かせになり身を滅ぼすことに繋がるからだ」

まるで己に言い聞かせるようにアランが語る。

「俺とあんたはドライな関係だ。どちらかが気に入らなければ契約は白紙に戻す」

そこに心情は乗らないと言いたげに、反応を促すアラン。

五十嵐は深く頷いた。

そして一呼吸置き、アランは静かに続ける。

「それでよければ、あんたと契約を結ぼう」

アランはＤＩＣＥではなく、五十嵐と契約を結ぶと口にした。

本人は隠しているような素振りだったが、こちらが本心をさらけ出したことで、アランは気を許してくれたのではないか、と五十嵐は思った。

そして、五十嵐にはそれが嬉しかった。


この後、さほど時を置かずして、アランはクロノのGrave Carpentersを去ることになる。

牙を剥(む)いていたクランメンバーたちがアランには敵(かな)わないことに気がつき、彼との争いを避けるようになったからだ。アランがクランを去ったことを、クランメンバーたちは陰で喜んだ。

だがひとり――クランマスターであるクロノは違った。

彼は、アランがクランから去ったことを心から悔やんだ。

かつてアランと五十嵐から受けた屈辱を忘れることができず、彼らに復讐する機会がなくなってしまったからだ。

だがクロノは諦(あきら)めてはいなかった。

まるで闇に潜む、黒豹のごとく、その機会を虎視眈々(こしたんたん)と狙う。

静かに、己の牙を研ぎながら――

＊＊＊

いくら仕事とはいえ、彼のトレーニングエリアを訪れるのはうんざりだった。

その理由はもちろん、このサポートＮＰＣがいるからだ。

「トレーニングが終わるまで、こちらでお待ちを。宗方様(むなかたさま)」

まるで魔王の側近でも務めていそうな雰囲気の黒いドレスを着たデーモン種の女性ＮＰＣが囁く。

素材はいい。冷ややかな雰囲気が好みの人間であれば、たまらないだろう。

だが、彼女の主人と同じひどく無愛想な表情は、宗方が一番嫌悪するものだった。

「早くして欲しい。俺も暇なわけじゃないからな」

「お待ちください。主様はトレーニング中ですので」

「ようやく上からの許可が下りたんだ。トレーニングは俺の話を聞いた後でいくらでもできるだろう」

宗方はスーツのネクタイを緩めようとするが、彼の首に巻かれたネクタイは微動だにしない。現実世界と違って服装は「装備する」か「外す」かしかできないことを思い出し、小さく舌打ちをした。そうして時間をもてあますように、何の色気もないトレーニングエリアを見渡す。

彼のトレーニングエリアは以前来たときと同じ、初期設定そのままのコンクリートの打ちっぱなしのような殺風景なビジュアルだ。

客をもてなすつもりがない、実に無愛想な彼らしい部屋だと宗方は苦笑した。

「野心に燃える社員様が俺に何の用だ」

と、突然誰もいない空間に、ぽつりと聞き覚えのある男性の声が広がった。

無愛想なサポートＮＰＣはじっと正面を見つめたままだ。

アテンドくらいしっかりやれ、と宗方は愚痴りたくなってしまった。

「アランとの契約に疑問の声が出はじめているのは知っているだろ？　そこで君のことを上司に話

したんだが、興味を示してね」

「へえ」

興味があるのかないのか判断が難しい声が放たれた瞬間、宗方の目の前に淡く発光する光の粒が集まり、ひとりのプレイヤーが姿を現した。

黒い侍――

どこかぱっとしない容姿の彼を形容するなら、そんな言葉がぴったりだった。

「おかえりなさいませ、主様」

無愛想なサポートＮＰＣが頭を垂れた。

彼女を一瞥し、男は宗方に続ける。

「俺があんたの話を聞くことにしたのは、ＤＩＣＥとスポンサー契約を結びたかったからじゃない。アランと五十嵐に復讐するためだ」

「わかっている。ある意味、俺の目的も同じだ」

ＤＩＣＥの広報部に所属する宗方の目的は、かつて五十嵐がそうしたように、ドラゴンズクロンヌの世界から陽の目を浴びていないプレイヤーを見つけ出し、スポンサー契約を結ぶこと。

そして、アランと五十嵐を表舞台から失脚させることだった。

「君は俺を使ってアランと五十嵐に復讐する。俺は君を使ってＤＩＣＥの中でのし上がる。これはいわゆるビジネスにおけるウィンウィンの関係だ」

ほくそ笑んでみせた宗方だったが、彼の隣に立つ無愛想なサポートＮＰＣと同じく、男はただこちらを冷たい視線で斬りつけるだけだった。

「あんたを使って復讐？　ＫＯＤの舞台でアランを叩きのめす予定だったが、妨害工作をしたあんたのおかげでアランは敗者復活戦送りになり、無様にも負けてしまったのを知らないのか？」

「アラン不要論を社内で盛り上げるためだ。それに、彼にはサブキャラがいるだろう？」

男は初めて笑みを浮かべた。

とてもいびつで恐ろしい、狂気に満ちた笑みだ。

「……いいだろう。エドガーをＫＯＤで叩きのめしてやる」

「いい返事が聞けて嬉しいよ。クロノくん」

宗方がその名前を口にした瞬間、男は腰に携えた刀を抜き、宗方の首筋にあてがった。

「間違えるな。今の俺はクロノじゃない。ジキルだ」

凍えるような視線を添えて、ジキルが言う。

姿は違うが、その目はあの復讐に燃えるクロノのものと同じだった。

プライドを切り裂かれ、復讐に取り憑かれた男、ジキル。

彼はクラン Grave Carpenters のマスター、クロノのサブキャラであり、その姿は彼がこの世界で最も憎む男のもうひとつの顔――エドガーに酷似していた。

「それで、勝算は？」

「俺を誰だと思ってる。トレーニングの邪魔だ、もう帰れ」

ジキルのひどく冷たい声が放たれた瞬間。

空気が弾けたような破裂音が響き、青白い光の帯が一筋、走った。

宗方にも見覚えがあるそれ。

アランの代名詞とも言える――月歩だった。

「ヒントを得たからとはいえ、アラン以外誰も使いこなすことができなかった月歩をここまでものにするとは、さすがと褒めるべきかね」

月歩の余韻が残るトレーニングエリアで、宗方は消えたジキルの跡を満足そうに眺めていた。

月歩を習得したジキルのプレイヤースキルは、アランと同じレベルだと言っても過言ではない。

そして、同じレベルのプレイヤーが戦った場合、勝負を決めるのはその動機の強さだ。

「君がエドガーを倒したとき。そのときは……君が『もうひとりの月歩使い』だ」

宗方は静かにほくそ笑む。

その野心に満ちた瞳には、ＫＯＤの舞台でエドガーを倒すジキルの姿がはっきりと見えていた。

邑上主水（むらかみもんど）
サラリーマン業の傍ら、WEBを中心に執筆活動を開始し、2016年「強くてニューゲーム！～とある人気実況プレイヤーのVRMMO奮闘記～」でデビュー。ゲームと読書と自転車が大好き。

イラスト：クレタ

本書は、「小説家になろう」（http://syosetu.com/）に掲載されていたものを、改稿のうえ書籍化したものです。

強くてニューゲーム！ 3 とある人気実況プレイヤーのVRMMO奮闘記

邑上主水（むらかみもんど）

2017年 1月 30日初版発行

編集－加藤純・太田鉄平
編集長－塙綾子
発行者－梶本雄介
発行所－株式会社アルファポリス
〒150-6005 東京都渋谷区恵比寿4-20-3 恵比寿ｶﾞｰﾃﾞﾝﾌﾟﾚｲｽﾀﾜｰ5F
TEL 03-6277-1601（営業） 03-6277-1602（編集）
URL http://www.alphapolis.co.jp/
発売元－株式会社星雲社
〒112-0005 東京都文京区水道1-3-30
TEL 03-3868-3275
装丁・本文イラスト－クレタ
装丁デザイン－AFTERGLOW
印刷－中央精版印刷株式会社

価格はカバーに表示されてあります。
落丁乱丁の場合はアルファポリスまでご連絡ください。
送料は小社負担でお取り替えします。

ISBN978-4-434-22933-6 C0093